U0072370

文學花博

世界文學名作選

張子樟◎編譯

燦爛如花的 54 篇美文，
讓文學的種子在心中綻放！

編譯者序

愛的施與受

樂在閱讀，自然提升閱讀力

　　臺灣的青少年讀者在閱讀大量有趣的橋梁書，對文字閱讀層次有了基本的認識後，必定很想再更上一層樓，除了尋求趣味之外，希望在閱讀文字的說理與邏輯方面有進一步的了解。他們想充分理解文字的外延意義，並直接探究文字的內涵意義。這一切都有待學子們大量的閱讀與細心的思考。《文學花博》和《文學星斗》這兩本世界文學名作選集，就是針對小學中高年級和中學生的需要而編譯的。

　　為了適合青少年讀者對不同文類的需求，本書的編選盡量將相關的童書文類融入，童詩、寓言、散文、童話、故事等都包含在內，再依據實際內容，細分為「校園時光」、「人生故事」，「發現平淡之美」、「為自然謳歌」、「人生哲思」、「童詩天地」和「童話世界」等七個篇章。

　　不論是哪種文類的作品，本選集均把趣味性擺在第一位。在媒體繁雜、眾聲喧譁的年代裡，想把人生哲理強行灌輸給孩子，其產生的作用相當有限，這是眾所周知的事。倒不如選擇一些平易近人的文字，並把想傳達的人生道理以潛移默化的方式書寫在感人的作品中。

　　由於中年級學生的文字閱讀能力剛邁過橋梁書的階段，無法一下子吸收長篇大論的經典作品的精髓。因此，本選集挑選的 54 篇作品都是千挑萬選、短小精采的文字，篇篇值得細讀。童話雖然稍長，但只要開始閱讀，保證會愛不釋手，一口氣讀完，不會在乎文字多寡的。

　　選集文章的挑選難免會涉及適讀能力。不過，適讀能力與年齡大小並不成正比，反而與閱讀量多寡的關係比較密切。當前臺灣小學階段仍然以閱讀繪本為主，文字閱讀瞠乎其後。從淺顯逐漸進入深奧是閱讀能力成長的必經過程。

雋永美文，讓愛的意念常植心底

　　如果要替這本選集找個恰當的主軸，「愛的施與受」應該最恰當不過了。幾乎書中每一篇作品都離不開這五個

字，而且「施」遠遠超過「受」，因為每個人在一生中都在學習如何「施與受」，讓自己成為身心健全的人。人人都知道，青少年學習生活的最主要空間有三：家庭、學校與社會。不論是哪一個場域，擔任智慧長者總是宣揚與詮釋「施與受」的真義，教導孩子如何在「施與受」之間維持某種平衡。

也許有人會問，在升學主義依舊猖獗的年代，哪有時間去閱讀人間美文？實際上，課業並不是學習的全部，課外大量閱讀往往會產生意想不到的效果，尤其在品德教育方面，這也是上個世紀九〇年代後有心之士最關切的事。當時雷根總統時代的教育部長班奈特（William J. Bennett）特別重視品格教育，在他卸任後，編了一本厚厚的《美德書》（*The Book of Virtues: A Treasury of Great Moral Stories*），他深信這本書可以潛移默化大小讀者，增進他們對品格和美德的了解與重視。他分別以「自律」、「同情」、「負責」、「友誼」、「工作」、「勇氣」、「堅忍」、「誠實」、「忠心」、「信仰」十個主題來詮釋美德。

相對的，國內的宋維村大夫則在為《漢聲精選世界成長文學》撰寫的序文中指出「勇氣」、「正義」、「愛心」、

「道德」、「倫理」、「友誼」、「自律」、「奮鬥」、「責任」、「合作」等為這套書的選書標準。他們兩人的說法只有部分重疊，但所選擇的文本主題均是出自鼓勵讀者向善，成就自己的品德要求。我們可以確定，所有優秀作品的主題都不會偏離上述說法。讀者細讀本系列的所有美文後，會欣喜發現，上述的美德都隱約藏在其中。

　　這本書最適合親子閱讀與師生共讀。文字雖然淺顯，但其內涵仍需父母師長伸出援手，一起進入來自美國、俄國、英國、德國、法國、波蘭、黎巴嫩、保加利亞、智利、印度、日本、烏拉圭、芬蘭、敘利亞、土耳其等十五國的名家的異想世界，欣賞他們構築的奇特空間，在閱讀中不知不覺受到某種程度的潛移默化，促進親情的互動，並學會為人處世的妙方。

目錄

編譯者序　愛的施與受

校園時光

人生故事

人生哲思

童詩天地

童話世界

校園時光

記得當時年紀小，老師是我們的天，學校是我們的世界。
一個小小的鼓勵，讓我們勇往直前，尋找心中的彩虹；
一次輕聲的教誨，讓我們獲益匪淺，掌握人生的方向。
且讓童年的歡笑與悲傷，化作日後成長的力量，不枉此生！

老師的吻

〔美國〕 彼得·阿特蘭德

　　查理·羅斯在 1901 年讀高中時，他是最受老師寵愛的學生。他的英文老師蒂莉·布朗小姐，年輕、漂亮、很有吸引力。

　　大家都知道查理頗得布朗小姐的青睞，由於布朗小姐是校園裡最受歡迎的教師，這點讓查理在心理上帶來許多壓力。

　　查理必須勤奮學習以捍衛「老師的寶貝」這一稱號，他得比其他同學多讀多學一點才行。儘管如此，別人還是在背後取笑他。他們說，查理將來如果沒什麼出息的話，布朗小姐是不會原諒他的。

　　正如你所想像的，查理後來真的成了一個了不起的人物，這大概與畢業典禮上發生的事情相關。畢業祝辭完畢後，開始頒發畢業證書。查理走上臺領取畢業證書時，受

人愛戴的布朗小姐站起身來，出人意外的向他表示了個人的祝賀——她當眾吻了查理！

不錯，查理曾作為學生代表在畢業典禮上致告別辭，他曾擔任過學生年刊的主編，他也曾是「老師的寶貝」，但這就足以使他獲得如此高的榮耀嗎？

畢業典禮之後，人們本以為會發生哄笑、叫囂或騷動，結果呢？卻是一片靜默和沮喪。許多畢業生，尤其是男孩子們，對布朗小姐這樣不怕難為情的公開表達自己的偏愛感到憤怒。有幾個男孩包圍了布朗小姐，為首的一個質問她為什麼如此明顯的冷落其他同學。

布朗小姐並不驚慌，她說查理是靠自己的努力贏得她特別的賞識，如果其他人有出色的表現，她也會吻他們的。她很肯定的向大家保證。

雖然這番話讓男孩們心裡好受些，但卻使查理‧羅斯感到更大的壓力。他不但引起別人的嫉妒，更成為少數壞學生攻擊的目標。他決心畢業後一定要用自己的行動，證明自己值得布朗小姐的一吻。

畢業後的幾年，他非常勤奮，先進入報界，後來終於大出風頭，被亨利‧杜魯門總統任命為白宮負責出版事務

的首席祕書。

　　現在看來，查理‧羅斯被挑選擔任這個職務並非偶然。原來，在1901年畢業典禮上帶領那群男生包圍布朗小姐，並告訴她自己感到受冷落的男孩子，正是亨利‧杜魯門。布朗小姐確實曾經對他說過：「去幹一番事業，你也會得到我的吻的。」

　　所以，不必覺得奇怪，查理‧羅斯就職後的第一項使命，就是打電話到密蘇里州獨立城，接通蒂莉‧布朗小姐。查理向她轉述了美國總統的問話：您還記得我未曾獲得的那個吻嗎？我現在所做的，能夠得到您的評價嗎？

│作者簡介│
彼得‧阿特蘭德，美國作家。

問心無愧

〔美國〕 哲羅姆·惠德曼

在永遠無人會知道真相的情況下，一個人的所作所為，最能反映他的品格。——麥考萊

約三十年前，在紐約貧民區某公立學校裡，奧尼爾夫人所教的三年級學生舉行算術考試。閱卷時，她發現有十二個男孩子對某一題的答案錯得完全一樣。

奧尼爾夫人叫這十二個男孩子在放學後留下來。她不問任何問題，也不作任何責備，只在黑板上寫下本文篇首引述的那句話和那位偉大作者的姓名，叫他們抄一百次。

我不知其他十一個有何感想，只知道自己。可以說：這是我一生中最重要的教訓。

老師把麥考萊的名言告訴我們已經是三十年前的事了，我至今仍認為那是我所看過最好的準繩之一。不是因

爲它可以使我們衡量別人，而是因爲它使我們可以衡量自己。

　　我們之中需要決定宣戰或其他國家大事的人不多，但我們每人每天都必須作出許多個人的決定。在街上撿到一個錢包，該把錢包私吞呢？還是送交警察呢？這筆交易本是別人的功勞，可以把它據爲己有，列在自己的推銷紀錄裡嗎？

　　沒有人會知道。除你之外，沒有人知道。但是你必須對得住自己，最好能問心無愧。因爲問心無愧可生自信，而自信遠勝於寬心。

| 作者簡介 |
哲羅姆・惠德曼，美國作家。

天知地知

〔美國〕 詹姆斯·蘭費蒂斯

　　他當時十一歲，一有機會就到湖中小島上的小木屋旁釣魚。

　　一天，他跟父親在薄暮時去垂釣，他在魚鉤上掛上魚餌，用卷軸釣魚竿拋向湖裡。魚餌劃破水面，在夕陽照射下，水面泛起一圈圈漣漪；隨著月亮在湖面升起，漣漪化作銀光粼粼。

　　魚竿彎折成弧形時，他知道一定是有大傢伙上鉤了。他父親投以讚賞的目光，看著兒子戲弄那條魚。

　　終於，他小心翼翼的把那條筋疲力竭的魚拖出水面。那是條他從未見過的大鱸魚！

　　趁著月色，父子倆望著那條煞是神氣漂亮的大魚。牠的鰓不斷的張合。父親看看手錶，是晚上十點——離釣鱸魚季節的時間還有兩小時。

「孩子，你必須把這條魚放掉。」他說。

「為什麼？」兒子很不情願的大嚷起來。

「還會有別的魚的。」父親說。

「但不會有這麼大。」兒子又嚷道。

他朝湖的四周看看。月光下沒有漁舟，也沒有釣客。他再望望父親。

雖然沒有人見到他們，也不可能有人知道這條魚是什麼時候釣到的，但兒子從父親斬釘截鐵的口氣中知道，這個決定絲毫沒有商量的餘地。他只好慢吞吞的從大鱸魚的脣上取出魚鉤，把魚放進水中。

那魚擺動著強勁有力的身子沒入水裡。小男孩心想：我這輩子休想再見到這麼大的魚了。

那是三十四年前的事。今天，這男孩已成為一名優秀有成的建築師。他父親依然在湖心小島的小木屋生活，而他帶著自己的兒女仍在那個地方垂釣。

果然不出所料，那次以後，他再也沒釣到過像他幾十年前那個晚上釣到的那麼大的魚了。可是，這條大魚一再在他的眼前閃現——每當他遇到道德課題的時候，就看見這條魚了。

　　因為他父親教誨他，道德只不過是對與不對的簡單事，可是要身體力行卻不容易。我們能否做到沒人看見時也循規蹈矩呢？如果有方便門路能及時送入設計圖，我們會不會拒絕走這條門路？又或者，我們得到了我們不該知道的內幕消息，會不會拒絕去做股票內幕交易呢？

　　要是小時候有人教誨過我們把魚放回水中，我們是會做得到的。因為我們從中學會了明辨道理。

　　一次擇善而從，在我們的記憶中會永遠的留下清香。這也是一個可以讓我們驕傲的對朋友和兒孫說的故事。

| 作者簡介 |

詹姆斯‧蘭費蒂斯，美國著名的建築師。

沉思角落

　　讀完〈問心無愧〉和〈天知地知〉兩篇文章後，回想一下：

1. 自己是否曾經做過隱瞞別人的事？是好事，還是壞事？

2. 隱瞞別人後有什麼樣的感覺，請試著描述看看，並分析自己為什麼會有那些感覺。

3. 請試著把那段隱瞞事情的經驗，寫成一個故事或短篇小說，發揮想像力，讓主角如何透過一個小事件而改變了一生。

忙裡偷閒

〔美國〕 愛爾斯金

　　那時候我大約只有十四歲，對於卡爾‧華爾德老師那天告訴我的真理，一點也不在乎，事後回想起來真是至理名言，更為我帶來了莫大的助益。

　　卡爾‧華爾德是我的鋼琴教師。有一天，他上課的時候，忽然問我：你每天花多少時間練琴？我說大約每天三、四小時。

　　「你每次練不就都花上個把鐘頭了？」

　　「我想應該要這樣吧。」

　　「不，不要這樣！」他說，「你將來長大之後，不會每天有很長的空閒時間的。你可以養成習慣，一有空閒就練習幾分鐘。比如在你上學以前，或在午餐以後，或在工作的休息空檔，五分鐘、十分鐘的去練習。把你的練習時間分散在一天裡面，這樣一來，彈鋼琴就成為你日常生活

中的一部分了。」

　　我在哥倫比亞大學教書的時候，我想兼差寫作。可是上課、看卷子、開會等事情把我白天晚上的時間完全占滿了。差不多有兩年多，我不曾動筆寫一個字，我的藉口是沒有時間。後來才想起卡爾‧華爾德老師告訴我的話。

　　到了下一個星期，我就按他的話開始進行實驗。只要有五分鐘左右的空檔，我就坐下來寫一百個字或短短幾行。

　　出乎意料之外，在那個星期的終了，我竟積累了相當多的稿子準備修改。

　　後來我用同樣積少成多的方法，創作長篇小說。我的教授工作雖然一天天繁重，但是每天仍有許多可以利用的短短餘暇。我同時還練習鋼琴，發現每天小小的間歇時間，已足夠讓我從事創作與彈琴了。

　　利用短時間，其中有一個訣竅是：要把工作迅速的進行，如果只有五分鐘的時間可以寫作，則決不可把四分鐘消磨在咬筆桿上。事前要先有所思考，等工作時間到來時，立刻把心神集中在工作上。迅速集中腦力，其實並不如一般人所想像的那樣困難。

　　我承認我並不是故意想使五分鐘、十分鐘不要隨便浪費，但是人的生命是可以從這些短短的間歇空檔中獲得一些成就的。卡爾·華爾德老師對我的一生有極重大的影響。由於他，我發現了如果能毫不遷延的充分利用瑣碎的時間，就能積少成多的擁有自己所需要的長時間。

　　歌德曾說：「善於利用時間的人，永遠找得到充裕的時間。」時間由一分一秒組成，五分鐘雖然短暫，微不足惜，但把生活中無數短暫的五分鐘焊接起來，便是一條長長的「金項鍊」了。

| 作者簡介 |
愛爾斯金，美國近代詩人、小說家和出色的鋼琴家。

紫色的菊花

〔美國〕 派特麗夏·謝勞克

　　那年，我在紐澤西州龐姆特湖的聖瑪麗教會學校教書。十月時，在一次宗教課上，我向班上那群八歲的學生宣布我的計畫：「我希望同學們能在學校附近做些額外的工作，賺點錢。」我說，「然後用這些錢去買感恩節晚餐的食品，送給那些可能連一頓像樣的晚餐都沒辦法吃到的人。」

　　我想讓孩子們自己去體驗書上所講的：「給予」比「接受」更能使人愉快；並想讓他們明白，信仰可不光是知道和說一些悅耳動聽的美妙思想或言詞，更重要的是人們應該做些什麼，使它轉化在現實世界中。我希望孩子們能夠切身感受到自己具有使生活發生變化的力量。

　　在感恩節那個星期，男孩和女孩早早就來到班上，他們得意的數著自己賺來的辛苦錢。他們為此去清理過樹

葉，這從他們手上的水泡可以看出來。他們有的去擺餐桌、刷洗碗盤，或幫忙照顧小弟弟小妹妹。現在呢，他們可真等不及了，只想趕快去買東西。

他們在超級市場的過道裡忙碌的穿梭，我只在一旁看顧著。最後，我們推著滿載火雞和各種配菜的小車走去結帳時，忽然，一個孩子發現了「新大陸」，這又使他們飛奔起來。

「看！花！」克瑞斯汀大喊起來，緊跟著是孩子們旋風般的奔跑，衝向節日盆栽陳列處。

我極力勸說：「你們要實際一些，用剩下的錢再多買些主食才好，這樣可以多吃幾頓。」白費了一番口舌後，我只好說：「花又不能吃！」

「可是，謝勞克小姐，」回答我的是一片尖細的嘈雜聲，「我們就想買花！」

看著眼前那麼多排列整齊的鮮花，我終於讓步了。各個花瓶裡插著五顏六色的大朵的鮮花，有赭色的、金黃的，還有像葡萄酒般的紅色。而鑲嵌在眾多陳列品正中的，是一盆與其他花色不協調的紫色菊花。

「她一定會喜歡這盆花的。」當孩子們把這盆紫色的

植物費力的搬到小車上時，他們一致這樣認為。

鎮上辦事處給了我們一個人名和地址，這是一位已經孤獨生活許多年的、窮苦的老奶奶。不一會兒，我們就顛簸在一條坎坷不平的路上，去尋找老奶奶的住處了。這時車廂裡可沒有那種超俗的氣氛。「你擠著我了。」一個聲音大喊。「我害怕見陌生人！」另一個說。

在這些不停蠕動、咯咯發笑和你推我擠的孩子，還有那盆不起眼的紫色菊花中，我真懷疑，我的那些「給予」和「接受」的說教是否能起點作用，為孩子們所認可。

最後，我們終於在一座掩沒在樹林中的小房子前停了下來。一個身材矮小、滿臉倦容的老婦人來到門口，迎接我們。

我的那群孩子們急匆匆的去搬運食物，當他們把一個個盒子搬進去時，老奶奶頻頻發出噢啊的驚嘆聲，使她的小客人興奮極了。埃米把那盆菊花放在櫃子上，老奶奶露出一臉驚訝。我猜，她一定在想這要是一盒麥片或是一袋麵粉該有多好啊。

「你會喜歡在這兒看到這麼一盆花嗎？」邁克爾問，「我的意思是說在這個樹林子裡。」

老奶奶高興起來，給孩子們講了許多生活在她周圍的動物的故事，還告訴孩子們，小鳥怎樣成群飛來，吃著她放在地上的麵包屑。「可能因為這樣，上帝才派你們給我送吃的來。」她說，「因為我用自己的食物餵小鳥。」

我們回到車上，在繫安全帶的時候，我們可以透過廚房的窗戶直接看到屋子裡。老婦人在屋裡向我們揮手告別，然後她轉過身去，穿過房間，繞過那一盒盒的食物，繞過我們送給她的火雞，繞過那些各種配菜，逕直走到那盆菊花前，把臉埋進花瓣裡。當她抬起頭時，嘴邊掛著一絲微笑。此時，她臉上的倦容都不見了，在我們眼裡她好像變了一個人。

頭一次，孩子們變得那麼安靜。就在那一瞬間，他們親眼看到了自己的力量，這力量可以使別人的生活變得更美好。

而我自己，也從中明白了些什麼。這奇蹟的產生，並非來自成人世界重視實用性的經驗，而恰恰來自孩子們天真、豐富的情感。孩子們想到了，在這陰鬱沉悶的十一月，人們有時需要一盆迷人的紫色鮮花！

| 作者簡介 |

派特麗夏・謝勞克，美國作家。

畢姆小姐的學校

〔英國〕 盧卡斯

　　我一直聽到有人談論畢姆小姐的學校，但是直到上週才有機會前去拜訪。

　　車夫把車停在一道古舊牆垣的門前，那裡離城約有一哩左右。就在等著找錢的時候，那教堂的巍峨尖頂已從遠方映入我的眼簾。我近前拉了拉門鈴，門竟無人而自開，這時呈現在眼前的是一座幽美的花園，對面為一棟方形紅頂的寬敞房屋，屬於喬治亞式，窗框厚重，漆作白色，給人溫暖與安定之感。在偌大的園中，我只見到一個女孩，大約十一、二歲，眼睛紮著繃帶，另外便是牽著她穿行花壇間的一個男孩，年齡比她小約三、四歲。她突然停下步，顯然是在詢問那來人是誰，於是他又似乎把他見到的說給她聽，然後他們便過去了。接著有位滿面笑容的女佣人迎來──多麼美好的景象！──引我走進屋子的客廳。

畢姆小姐正是我心目中所準備見到的那樣人物——中年，很有威信、和藹可親、通達透澈。她的兩鬢已漸發白，但她那豐腴的體態對於一個患著「思鄉病」的兒童不無帶來慰藉的作用。

閒談了片刻之後，我便對她的教育方法提出一些問題，因我聽說這裡採行的教育是比較單純的。

「是的，」她回答道，「事實上我們這裡並不進行大量教學。那些前來我們這裡就學的兒童——小女孩，甚至年齡更小的男孩子——所上的正式課程並不很多：往往不外是一些實用上所必須的東西，而且即使這些也只限於最單純的性質——也就是加減乘除與作文練習之類。至於其餘的課程，不是由老師閱讀一些書籍給他們聽，便是看圖識物一類的課程，這時我們只要求他們專心聽講、遵守秩序就是了。實際上這就是我們的全部課程。」

「但是，」我插嘴道，「我曾一再聽人們說，你們的體系中頗有一些獨創的地方。」

畢姆小姐笑了笑。「啊，是的，」她接著說，「現在我就準備來談這個。這個學校的真正宗旨不在教人如何思想，而在教人如何懂事——教授人情事理與公民知識。這

是我個人的一貫理想，而幸運的是，社會上也有一些家長願意給我機會來進行嘗試，以便把這種理想付諸實行。好了，暫時就先請您向窗外看看，怎樣？」

我來到窗邊，憑窗可望見下面一片廣闊的花園，花園背後還有一個兒童的遊戲場。

「請問您看到些什麼？」畢姆小姐問道。

「我看到的是一片非常美麗的場地，」我回答道，「還有一群快樂的孩子；但是使我感到困惑的，甚至痛苦的是，我覺得這些孩子並不都像我所想像的那麼健康和活潑。剛才我進來時就看見一個孩子因為眼睛有問題，走路要人攙扶；現在又看到了兩個同樣情形；另外站在窗下觀看孩子們做遊戲的那個女孩也拄著枴杖。她的腿看來已經無可救藥了。」

畢姆小姐大笑起來。「噢，並不，」她道，「她並不真是個跛子；而只是今天輪到她扮跛子。另外那幾個也不是盲人，而是今天是他們的『盲日』。」我這時的表情一定顯得十分詫異，因為她又笑了。「看了這個，大概已經足夠使你對我們體系的特色稍有了解。為了使這些幼小心靈能夠真正理解並同情疾苦與不幸，我們必須使他們實際

參與。所以一個學期當中，每個孩子都要過一個盲日、一個癱日、一個聾日、一個身障日和一個啞日。例如在盲日那天，他們的眼睛便要被嚴格的繃紮起來，而把是否從繃帶內偷看當成一件攸關榮譽的事。那繃帶在前一天夜裡就要紮上；第二天一醒便什麼也看不見了。這就意味著他們在每件事上都需要別人扶持，而別的孩子也被分派去幫助他們，引領他們。這會使那盲者和幫助他們的人都從中受到教益。」

「不過倒也不必擔心那患者會短缺什麼，」畢姆小姐接著說道，「每個人都是很體貼的，雖然這事說來不過是個玩笑，但是時間一長，那痛苦就會明顯的呈現出來，即使是對比較缺乏同情心的人，當然盲日是最受罪的一天。」她繼續說：「但有些孩子對我說啞日才是最可怕的。這時孩子們就要全靠他們的意志力了，因為嘴是不繃紮的……現在就請您到園中去走走，這樣可以親自看看孩子們對這些的反響如何。」

畢姆小姐將我引到一個紮著繃帶的女孩——一個可愛的小娃兒的面前，她繃帶下的一雙眼睛，我敢說，會像榛芽一般烏黑。「現在有一位先生前來和你說話。」畢姆小

姐說了簡短的介紹，便離開了。

「你從來不從縫裡偷看嗎？」我用這句話打開了話題。

「噢，從來不，」她大聲的說，「那就是欺騙了。過去我完全不知道沒有眼睛是這麼可怕。真的是什麼也看不見，還覺得好像隨時都會撞到東西。只有坐下來會好一些。」

「你的嚮導們對你好嗎？」我問她。

「還算不錯。不過不如輪到我時那麼有耐心。自己當過盲人以後對人就特別好。什麼都看不見真是太可怕了。希望你也能來試試。」

「讓我領你走走好嗎？」我又問道。

「好極了，」她說，「我們就一起散散步吧。不過您得告訴我哪兒有東西要躲開。我真盼望這一天能快點過去。其他那些什麼什麼日並不像這盲日這麼可怕。把一條腿捆了起來，拄著枴杖走路甚至還很好玩，我是這麼覺得。把一隻胳臂綁上就痛苦多了，因為這樣吃飯的時候沒辦法使用刀叉，還有其他的不方便，不過也還不太要緊。至於裝聾的那一天，我也並不太怕，至少不太嚴重。但盲日可

就太可怕了。我老是覺得頭痛，可能是因為不斷的擔心會撞到東西的關係，而其實很多地方並沒有東西。現在我們走到哪兒了？」

「在操場上，」我回答道，「前面就是回去的路了。畢姆小姐正和一個高個兒女孩在地毯上踱來踱去。」

「那女孩身上穿的是什麼？」

「藍嗶嘰裙和粉紅短衫。」

「那可能是米莉了，」她說，「她的頭髮什麼顏色？」

「非常淺淡。」我回答道。

「對，那就是米莉，我們的級長。非常文雅大方。」

「那裡有位老人在捆紮玫瑰。」

「啊，那是彼得。我們的花匠。他已經一百歲了！」

「對面來了個穿紅衣的黑髮女孩，拄著枴杖。」

「對的，」她說，「那是貝麗兒。」

我們便這麼走了一段，而就在我引著這小女孩走路的過程中，我發現，出乎我的意料，我自己的同情心也比往常勝過十倍；另外，由於不得不把周圍的種種說給人聽，這樣也使他人更加引起我的興趣。

最後當畢姆小姐前來解除我的責任時，我真有一種不

忍離去之感,而且毫不隱瞞的告訴了她。「啊!」她答覆我道,「這麼說來,我這套體系畢竟不無可取之處吧!」

我告辭回城,一路上不斷吟哦著(儘管照例不夠確切)下面的詩句:

我怎能見到別人的苦難,

而自己絲毫不想分擔?

啊,這樣不行,永遠不行,

永遠永遠也不行不行。

Can I see another's woe

And not share their sorrow too?

O no, never can it be,

Never, never, can it be.

—— Edward Verrall Lucas

| 作者簡介 |

愛德華・費羅・盧卡斯(Edward Verrall Lucas, 1868-1938),著名英國幽默作家、劇作家、詩人、小說家、編輯。

悅讀分享

校園是青少年成長最重要的空間之一。師生互動的結果往往會影響孩子一生的為人處世的方式與態度。這個系列以校園生活為主題，但校園只是互動空間，重要的還是在其中互動的師生。

適度的讚揚是最佳武器。〈老師的吻〉短短的文字就為我們塑造了三個人物。其中，那位年輕漂亮的布朗小姐，著墨不多卻很可愛。作為教師，她不僅懂得「讚揚」的作用，更懂得「不輕易讚揚」的作用。正因為她的讚揚只給予出類拔萃者而不是廉價的輕易拋擲，才如此彌足珍貴，使學生們倍加重視和珍惜。

文章對於布朗小姐之吻及其「轟動效應」敘述十分詳盡，對兩位學生從畢業之後到功成名就的奮鬥過程只是一筆「跳」過，有意留下空白讓讀者去思索。而結尾重提「一吻」則照應了前文、突出了主旨。尤其是對那位「領頭發難」的男孩子「姑隱其名」埋下伏筆，直到最後才交出底

細，不僅給人以「如雷貫耳」的強烈感覺，而且也增加了文章的波瀾與情趣，使人讀來興味盎然。

教師的功能除了讚揚外，隨機的教誨也是不可或缺的。〈問心無愧〉的作者在文章中極力宣導和推崇的是：在「除你（本人）之外」無人知曉無人「監督」的情況下，應有的那種不踰「矩」不越「軌」不犯「規」的高度自覺的道德修養。只有具備了這種自覺的品格，才不受「良心的譴責」，才能「問心無愧」。在「無人知曉」狀況下的自覺性，應視為衡量道德與品格的最高準繩。擇善而從，扶正袪邪，潔身自好，自我約束，這些都是值得每一個人深思的道德課題。童年時的回憶與現實中的思考相交織，生活中的實例與提煉後的道理相佐證，名家哲人的格言與作者自己的見解相輝映，加強了這篇短文的說服力和感染力。

〈天知地知〉的作者指出，人類總得靠著一定的道德標準和行為規範來約束自己，否則龐大的社會機器將無法正常運轉。這些規範和準則中，好些是不成文的，

維繫它常常靠著兩個字——自覺；尤其是在「沒人看見」而又需要犧牲一己私利的情況下，這種「自覺」就更加難能可貴。應當這樣說，能否自覺遵守社會道德規範，是社會進步快慢與人類自身素質高低的重要尺規。本文所極力頌揚的「捨魚而取道德」，無疑是一種可貴的高尚的得失觀、道德觀。

事情很小：一條魚。由此而引申出來的課題卻使人刻骨銘心難以忘懷，由小而及大，由此而及彼，由講故事而自然過渡到深邃的哲理，使人在娓娓敘談的氛圍中不知不覺受到教益，正是這篇短文寫作上的特色，也是它之所以感人的成功之處。

〈忙裡偷閒〉是一篇告誡人們珍惜零星時間的隨感；或者說，是一篇「點滴生命」的禮讚。作者晚年回顧自己取得成就的經驗時，不能忘懷的是兒時鋼琴教師華爾德先生的教誨：「你可以養成習慣，一有空閒就練習幾分鐘。」這一樸素簡單的「至理名言」，使他在一生的工作和事業中「帶來了莫大的助益」。

人生在世的幾十年、上百年，猶如「生命的長河」。人們在完成學業或事業的過程中，一般都比較重視一年、兩年的整塊時間，而對一個鐘頭、半個鐘頭，甚至十分鐘、五分鐘之類的零星時間，則往往疏忽、輕視，不以為然。本文作者以自己的親身體驗，告誡人們這是一種極大的失誤；正確的態度，應當是「使五分鐘、十分鐘不要隨便過去」，讓點滴時間積少成多，在事業中發揮其應有的作用。這是真理，樸實無華的真理。然而在實踐中，卻並非人人都能做到。

〈紫色的菊花〉告訴我們兩層意思，一是「給予」他人比接受他人的饋贈更重要，也更令人愉快；二是每一個人都應該用自己的力量（哪怕是微弱的力量)，使別人（尤其是老弱者和貧窮的人們）的生活變得更美好。

作者是一位教師，通過啟發、引導一群八歲孩子，以行動來體現「愛心」、體現「給予」。孩子們在選購食品的同時，別出心裁的要選購一盆花，他們不聽女教師關於「要實際一些，多買些食物」的勸導，堅持要買

花，幾乎不約而同的選中了一盆紫色的菊花。

老奶奶會喜歡這盆菊花嗎？後來的情況證明了，這位孤苦獨居的老奶奶不僅對這盆花十分喜愛，而且這盆菊花簡直改變了她的生活！老人是深深的喜愛上這盆菊花了，孩子們美好的願望也得到極大的滿足。孩子們美好的「天性」、豐富的情感，吻合了老奶奶同樣美好、豐富的心靈需求。

老奶奶、女教師和孩子們，三代人的美好情愫與水晶般的純潔心靈，相互映襯、相得益彰，閃射出人性美的熠熠光華……愛，是不能忘記的。

〈畢姆小姐的學校〉對人的愛心的培養，不僅僅是憐憫和同情，不僅僅是關懷和扶助，還應當進一步昇華爲對痛苦的「分擔」這樣一種崇高的愛心。正如作者在文末所引用的詩句：「**我怎能見到別人的苦難，／而自己絲毫不想分擔？／啊，這樣不行，永遠不行，／永遠永遠也不行不行。**」這是何等高尚的人道主義精神！

人生故事

每個人都期望好運，每個人都盼望貴人相助；
沒有人能掌握未來，此刻的憂歡未必長久；
只要秉著良善、用點慧心、試著努力，
或許有天將會發現：我們正是自己的天使！

天使

〔美國〕 查爾斯·歐斯勒

　　《聖經》上說，有人招待了一群客人，等客人離去，才發現他們原來是上帝派來的使者。從此做父母的就教導孩子們說，碰到衣衫襤褸或長相醜陋的人，切不可怠慢，而要幫助他，因為他可能是天使。

　　這常常使我想起多年前我在費城親身經歷過的一件事，每當想起這件事，我心裡便覺得十分快慰。

　　那是一個颱風的雨夜，我投宿的旅店來了一對上了年紀的夫婦。他們行李簡陋，身無長物。那男的對旅店夥計說：「別的旅店全客滿了，我倆在貴處借住行嗎？」

　　年輕的夥計解釋說，城裡同時在開三個會，所以全城到處客滿。「不過我也不忍心看你們兩位沒個落腳處。這樣吧，我把自己的床讓給你們——我自己不礙事，在櫃上搭個鋪。」

第二天早上，老人付房錢時對夥計說：「年輕人，你堪當美國一流旅館的經理。也許過些日子我要給你蓋個大旅館喔。」

夥計聽了，暢懷大笑。

兩年過去了。一天，年輕人收到了一封信，信裡附著一張到紐約去的機票，邀請他回訪兩年前那個雨夜裡的客人。

年輕人來到了車水馬龍的紐約，老人把他帶到第 5 大道和 34 街交會處，指著一幢巍然壯觀的高樓說：「年輕人，這就是為你蓋的旅館，請你當經理。」

沒錯，這位年輕人就是如今大家都熟識的紐約首屈一指的奧斯多利亞大飯店的經理喬治・波爾特，那位老人則是威廉・奧斯多先生。

| 作者簡介 |

查爾斯・富爾頓・歐斯勒（Charles Fulton Oursler, 1893-1952）為美國新聞記者、劇作家、編輯和作家，筆名為安東尼・亞伯特（Anthony Abbot）。他是一位傑出的神蹟劇和偵探小說的作者，多部作品曾改編為影片。

一杯牛奶

佚名

一天，一個貧窮的小男孩霍華德·凱利為了攢學費，正挨家挨戶的推銷商品。飢寒交迫的他摸遍全身，卻只有一角錢，於是他決定向下一戶人家討口飯吃。

然而，當一位美麗的年輕女子打開房門的時候，這個小男孩卻有點不知所措了。他沒有要飯，只乞求給他一口水喝。這位女子看到他飢餓的樣子，倒了一大杯牛奶給他。男孩慢慢的喝完牛奶，問道：「我應該付多少錢？」

年輕女子微笑著回答：「一分錢也不用。我媽媽教導我，施以愛心，不圖回報。」男孩說：「那麼，就請接受我由衷的感謝吧！」說完，男孩就離開了這戶人家。此時的他不僅感到精神振奮，而且更加相信上帝和全人類。本來，他都打算放棄了。

數年後，那位女子得了一種罕見的重病，當地醫生對

此束手無策。最後，她被轉到大城市醫治，由專家會診治療。大名鼎鼎的霍華德‧凱利醫生也參加了醫療方案的制定。當他聽到病人來自的那個城鎮的名字時，一個奇怪的念頭霎時間閃過他的腦際。他馬上起身直奔她的病房。

身穿手術服的凱利醫生來到病房，一眼就認出了恩人。回到會診室後，他決心一定要竭盡所能來治好她的病。從那天起，他就特別關照這個對自己有恩的病人。

經過艱苦的努力，手術成功了。凱利醫生要求把醫藥費通知單送到他那裡，他看了一下，便在通知單的旁邊簽了字。當醫藥費通知單送到她的病房時，她不敢看。因爲她確信，治病的費用將會花費她所有的餘生來償還。最後，她還是鼓起勇氣，翻開了醫藥費通知單，旁邊的那行小字引起她的注意，她不禁輕聲讀了出來：

「醫藥費已付：一杯牛奶。」

（簽名）霍華德‧凱利醫生

船長的勇氣

〔美國〕 梅爾休斯

　　很多年前，我在辛辛那提州的時候，偶然走進一家書店，看到一個男孩在問老闆是否有地理書出售。他大約十二歲，看上去眉清目秀，可是衣衫襤褸。

　　「可多了呢。」老闆說。

　　「多少錢一本？」

　　「一美元，小朋友。」

　　「呀，對不起，我不知道會這麼貴。」他轉過身，向門口走去。腳剛邁出門檻，忽然又走了回來。

　　「我口袋裡只有 62 美分。」他說，「老闆，我可以賒帳嗎？過幾天，我就來還清不足的部分。」

　　這孩子多麼渴望得到一個肯定的回答啊！當書店老闆斷然拒絕他的請求時，他顯得那麼沮喪！這一臉失望的孩子抬起頭，苦笑著看了看我，腳步沉重的走出了書店。

「你準備怎麼辦呢？」我問。

「我到別的地方再試試，先生。」

「我也去，看看你最後是怎麼成功的，你不會介意吧？」

「不會。」

我跟他連續進了四家書店，我們一直碰壁。這孩子的臉上布滿了失望的陰霾。

「你還要試試嗎？」我問。

「沒錯，先生，我要到所有的書店都去試一試，說不定我會成功的！」

我們來到第五家書店，他勇敢的走到書店老闆面前講明自己的請求。

「你很需要這本書嗎？」老闆問。

「是的，先生。十分需要。」

「為什麼？」

「學習，先生。我沒錢上學，一有空，我就在家自學。學校裡每個學生都有書，假如我沒有，我會落後的。再說，我父親是個水手，我想知道他去過哪些地方。」

「你父親還出海嗎？」

「他已經死了。」男孩的頭低下了，眼裡淌出一串淚珠，「我長大了也要當水手。」

「是嗎，孩子？」老闆盯著他，驚訝的問。

「是的。先生，只要我還活著。」

「呃，孩子，我告訴你我要怎麼做。這本新書現在就給你，至於不夠的部分，你什麼時候來還都可以。或者，我給你一本舊的，只要 50 分錢……」

男孩付款時，老闆用探詢的目光看著我，於是，我把前面發生的事全盤托出。老闆在拿書給男孩的同時，又給了他一支嶄新的鉛筆，外加一疊雪白的紙。

「至少，孩子，你這種不屈不撓勇敢嘗試的精神，會使你出名的。」老闆最後對男孩說。

「謝謝您，先生，您太好了。」

「你叫什麼名字，小伙子？」我又問。

「威廉・哈特雷。」

「你還需要什麼書嗎？」

「當然，越多越好。」他遲疑的說。

我給他兩美元，說：「這點錢給你吧。」

只見兩行快樂的淚水從他眼裡流了出來。

「我可以用這錢給我媽媽買本書嗎？」

「當然可以。」

他高興的流下更多的眼淚。他說：「你真好，我得好好謝謝你。我希望將來有一天能報答你。」他記下了我的名字。

幾十年時間飛快的過去了。

我乘船到歐洲去。這是當時最好的一艘船，它曾經遠航過大西洋。起初，絕大部分的航程天氣都好極了，可是到了後來，天公不作美，我們遇上一場罕見的風暴，它足以使任何有經驗的船長束手無策。所有的桅杆全斷了，船就像是熱鍋裡的一片菜葉。更糟的是，船還漏水了，水不斷的從一個大窟窿裡湧進來。水泵一刻不停的轉動著，可是水仍然越積越多。舵幾乎失去作用。水手們全是體格強壯意志堅強的男子漢，大副、二副也都是經驗豐富的一流海員。但是，他們全部絕望了，離開了崗位，決定聽天由命。

剛才一直研究著海圖的船長，神態自若的走了過來，看看事情究竟糟到什麼地步。

過了一會兒，他鎮定的命令水手們回到自己的崗位上

去。那些強壯的水手在船長強烈的信念面前不由得折服了。

船長經過我面前的時候，我問他，船是否還有得救的希望。他仔細的看了看我，說：「有希望，先生，只要還有一英寸甲板露在水面上，那就有希望。你要相信，我決不會拋棄我的船，除非它不得不沉。我們正採取各種措施來挽救這艘船。」他轉過頭去，對所有圍在旁邊的旅客說：「旅客們，請大家都去把水排掉！」

那天，我們一次次感到失望，然而，在船長的勇氣、不屈不撓的精神、強烈的信念鼓舞下，我們又重新振作起來，甚至更賣力。「我要帶領你們每個人安全的到達利物浦港，」他說，「只要你們不愧是個人。」

他終於指揮著船安全到達了利物浦港。旅客們下船時，船長一動不動的站在漸漸緩慢下沉的船上，頻頻點著頭，接受旅客們的祝賀。我經過他身邊時，他拉住了我的手問：「普萊斯頓法官，您不記得我？」我想了想，遺憾的搖了搖頭。

「三十多年前，在辛辛那提州，您曾經跟著一個男孩去買書，他多次被拒絕，您還記得嗎？」

「哦，不錯，我記得很清楚，他的名字叫威廉·哈特雷。」

「我就是威廉·哈特雷。」船長說，「上帝保佑您！」

「上帝保佑你，哈特雷船長，」我說，「你三十年前買書的勇氣拯救了我們全船人！」

|作者簡介|

Ａ·梅爾休斯，美國作家。

┃沉思角落┃

　　在〈船長的勇氣〉故事中，男孩為了買一本地理書，到一家家的書店請求賒帳。他這種不屈不撓的精神，成為他日後成功的重要特質。

　　請想一想，如果自己處在男孩的處境──家境貧窮，不能上學，口袋裡只有一點點錢。你會想要用這點錢買什麼東西？學習什麼樣的知識或能力？有什麼事情會讓你像這個男孩一樣，即使一再被拒絕，也願意一試再試呢？認識自己的興趣和專長，往往是開啟未來美好生活的關鍵喔！

一封信

〔俄國〕 米哈伊爾・佐謝科

　　二十世紀初，在列寧格勒住著一對中年夫婦。丈夫是政府的一位官員，非常熱愛自己的工作。

　　儘管他來自農村，又沒有文憑，然而在大城市工作和生活了多年，加上他愛動腦子，使得他見多識廣。有時他能在一些場合發表演說，甚至可以與不少專業人才進行學術辯論。

　　可是，有誰能相信他妻子卻目不識丁？儘管她和丈夫一起從鄉下來到城市，但仍是個文盲，她甚至連自己的名字都不會寫。

　　丈夫每每談到此事都替妻子犯愁，可是他的妻子卻滿不在乎。

　　「親愛的，妳應該學會簡單的讀寫才對。目前全國正在努力擺脫世代遺留下來的無知和愚昧，妳作為一名官員

的妻子卻隻字不識，眞讓人著急。」

「伊萬·尼古拉耶維奇，你說什麼？讓我學習？我連筆都不會拿，怎麼學？學什麼？還是讓年輕人學吧。」妻子貝拉蓋婭對丈夫說道。

一天上午，貝拉蓋婭在幫丈夫縫衣裳時，無意中發現上衣口袋內有一封信。只見信封乾淨整齊，上面用端正秀氣的字體寫著住址，信封散發出淡淡的香味。「難道他在騙我不成？這八成是情人寫給他的，欺負我沒水準……」

她打開信紙，生平第一次抱怨自己不識字。「有可能這封信是別人寫給丈夫的。不管怎麼樣，我必須儘快搞清楚信裡寫著什麼。或許我的生活會發生變化，說不定我從此要回到鄉下去……」

想想丈夫近來的變化越發使她滿腹狐疑。怪不得他買了頂新帽子，把鬍鬚梳理得整整齊齊，皮鞋擦得雪亮。

她想了許多。要讀懂信是根本不可能的，而把這封信給別人看又萬萬使不得。

丈夫回家後，她對那封信隻字不提，並盡量心平氣和的同丈夫交談。最後她突然說自己想學點東西，免得有時在家閒得發慌。

「太棒了，我教妳。」丈夫喜出望外。

後來的兩個多月裡，貝拉蓋婭天天認真的讀、寫到深夜。幾乎每天深夜她都偷偷的把那封信拿出來，總想盡快弄懂它。但是每次都讓她失望。

過了四個多月，貝拉蓋婭終於學會了簡單的讀寫，但仍離不開字典。

有一天，她趁丈夫不在家，拿出那封信來讀。

她十分吃力的讀了幾行，覺得很累。可是信紙裡散發的香水味迫使她堅持讀下去：

尊敬的伊萬・尼古拉耶維奇同志：

我按您的要求已把信寄出了。想必兩三個月內您妻子借助字典會讀懂它的。只希望我們的良苦用心能奏效。

此致

您的同事：瑪麗亞・博羅尼娜

貝拉蓋婭連讀數遍，她忍不住失聲痛哭起來。想起丈夫的一片誠心，想起他們美滿如初的生活，她又非常開心的笑了。

|作者簡介|

米哈伊爾・佐謝科，俄國作家。

差別

〔美國〕 布魯德·克利斯蒂安森

　　兩個同齡的年輕人同時受僱於一家店鋪，並且拿同樣的薪水。

　　可是工作一段時間後，名叫阿諾德的小伙子青雲直上，而那個叫布魯諾的小伙子卻仍在原地踏步。布魯諾很不滿意老闆的不公平待遇。終於有一天他到老闆那兒發牢騷了。老闆一邊耐心的聽著他的抱怨，一邊在心裡盤算怎樣向他解釋清楚他和阿諾德之間的差別。

　　「布魯諾先生，」老闆開口說話了，「您今早到集市上去一下，看看今天早上有什麼賣的。」

　　布魯諾從集市上回來向老闆彙報說，今早集市上只有一個農民拉了一車馬鈴薯在賣。

　　「有多少？」老闆問。

　　布魯諾趕快戴上帽子又跑到集市上，然後回來告訴老

闆一共四十袋馬鈴薯。

「價格是多少？」

布魯諾又第三次跑到集市上問來了價錢。

「好吧，」老闆對他說，「現在請你坐到這把椅子上，一句話也不要說，看看別人怎麼做。」

阿諾德很快就從集市上回來了，並彙報說到現在為止只有一個農民在賣馬鈴薯，一共四十袋，價格是多少；馬鈴薯品質很不錯，他帶回來一個讓老闆看看。那個農民一會兒還弄來幾箱番茄在賣，據他看價格非常公道。昨天鋪子的番茄賣得很快，庫存已經不多了。他想這麼便宜的番茄老闆肯定會進一些的，所以他不僅帶回一個番茄當樣品，也把那個農民帶來了，他現在正在外面等回話呢。

這時，老闆轉向布魯諾，說：「現在您應該知道為什麼阿諾德的薪水比你高了吧？」

│作者簡介│
布魯德・克利斯蒂安森，美國作家。

學會感恩

佚名

　　一名成績優秀的青年去申請一個大公司的經理職位。

　　他通過了第一關的面試,接著由董事長進行面試,做最後的決定。董事長從這位青年的履歷上發現,這位青年成績一直很優秀,從中學到研究所從來沒有間斷過。

　　董事長問,你在學校有拿到獎學金嗎?青年回答,沒有。

　　董事長問,是你的父親為你付學費嗎?青年回答,我父親在我一歲時就去世了,是我母親付的學費。

　　董事長問,你的母親是在那家公司高就?青年回答,我的母親是幫人洗衣服的。

　　董事長要求青年把手伸出來,青年伸出一雙潔白的手。董事長問,你幫你母親洗過衣服嗎?青年回答,從來沒有,母親總是要我多讀書,何況她洗衣服比我快得多。

董事長說，我有個要求，你今天回家給你母親洗一次雙手，明天上午再來見我。青年覺得自己成功的可能性很大，回到家後，高高興興的要給母親洗手，母親受寵若驚的把手伸給孩子。青年給母親洗著手，漸漸的，眼淚掉下來了，因為他第一次發現，母親的雙手都是老繭，有個傷口在碰到水時還疼得發抖。青年第一次體會到，母親就是每天用這雙有傷口的手洗衣服為他付學費，母親的這雙手就是他今天畢業的代價。

青年給母親洗完手後，一聲不響的把母親剩下要洗的衣服都洗了。當天晚上，母親和孩子聊了很久很久。

第二天早上，青年去見董事長。董事長望著青年紅腫的眼睛，問到，可以告訴我你昨天回家做了些什麼嗎？青年回答說，我給母親洗完手後，我幫母親把剩下的衣服都洗了。

董事長說，請你告訴我你的感受。

青年說，第一，我懂得了感恩，沒有我母親，我不可能有今天；第二，我懂得了要去和母親一起勞動，才會知道母親的辛苦；第三，我懂得了家庭親情的可貴。

董事長說，我就是要錄取一個會感恩，會體會別人辛

苦，不是把金錢當作人生第一目標的人來當經理。你被錄取了。這位青年後來果真工作努力，深得員工擁護，大家也都努力工作，整個公司業績大幅成長。

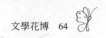

祕密花園

〔美國〕 馬蒂摩爾

　　一個星期前，卡洛琳打電話過來，說山頂上有人種了水仙，執意要我去看看。此刻我正在途中，勉勉強強的趕著那兩個小時的路程。通往山頂的路上不但刮著風，而且還被霧封鎖著，我小心翼翼，慢慢的把車開到卡洛琳的家門前。

　　「我是一步也不願走了！」我宣布，「我留在這兒吃飯，等霧一散開，就立刻打道回府。」

　　「可是我需要你幫忙。把我帶到車庫去，讓我把車開出來好嗎？」卡洛琳說，「至少這些我們做得到吧？」

　　「離這兒多遠？」我謹慎的問。

　　「三分鐘左右，」她回答我，「我來開車吧！我已經習慣了。」

　　十分鐘以後還沒有到。我焦急的望著她：「我想你剛

才說三分鐘就可以到。」

她咧嘴笑了：「我們繞了點彎路。」

我們已經回到了山路上，頂著像厚厚面紗似的濃霧。值得這麼做嗎？我想。到達一座小小的石築教堂後，我們穿過它旁邊的一個小停車場，沿著一條小道繼續行進。霧氣散去了一些，透出灰白而帶著溼氣的陽光。

這是一條鋪滿了厚厚的老松針的小道。茂密的常青樹籠罩在我們上空，右邊是一片很陡的斜坡。漸漸的，這地方的平和寧靜撫慰了我的情緒。突然，在轉過一個彎後，我吃驚得喘不過氣來。

就在我的眼前，就在這座山頂上，就在這一片溝壑和樹林灌木間，有好幾英畝的水仙花。各色各樣的黃花怒放著，從象牙般的淺黃到檸檬般的深黃，漫山遍野的鋪蓋著，像一塊美麗的地毯，一塊燃燒著的地毯。

是不是太陽傾倒了？如小溪般將金子遍灑在山坡下？在這令人迷醉的黃色中間，是一片紫色的風信子，如瀑布傾瀉其中。一條小徑穿越花海，小徑兩旁是成排的珊瑚色鬱金香。彷彿這一切還不夠美麗，倏忽有一兩隻藍鳥掠過花叢，或在花叢間嬉戲，她們那粉紅色的胸脯和寶藍色的

翅膀，就像閃動著的寶石。

一大堆的疑問湧上我的腦海：是誰創造了這麼美麗的景色和這樣一座完美的花園？為什麼？為什麼在這樣的地方？在這個杳無人煙的地帶，這座花園是怎麼建成的？

走進花園的中心，有一棟小屋，我們看見了一行字：

我知道您要什麼，這兒是給您的回答。

第一個回答是：一位婦女——兩隻手、兩隻腳和一點點想法。第二個回答是：一點點時間。第三個回答是：開始於 1858 年。

回家的途中，我沉默不語。我震撼於剛剛所見的一切，幾乎無法說話。

「她改變了世界。」最後，我說道，「她幾乎在四十年前就開始了，這些年裡每天只做一點點。因為她每天一點點不停的努力，這個世界便永遠的變美麗了。想像一下，如果我以前曾有一個理想，很早就開始努力，只需要在過去每年裡每天做一點點，那我現在可以達到怎樣的一個目標呢？」

　　女兒卡洛琳在我身旁看著，笑了：「明天就開始吧。
當然，今天開始最好不過。」

|作者簡介|
布萊恩‧馬蒂摩爾，美國作家。

鑽石寶藏

〔美國〕　鮑伯·摩爾

一百多年前，美國費城的六個高中生向他們仰慕已久的一位博學多才的牧師請求：「先生，你肯教我們讀書嗎？我們想上大學，可是我們沒錢。我們中學快畢業了，有一定的學識，您肯教教我們嗎？」

這位牧師名叫康惠爾，他答應教這六個貧家子弟。同時他又暗自思忖：「一定還會有許多年輕人沒錢上大學，他們想學習，但付不起學費。我應該為這樣的年輕人辦一所大學。」於是，他開始為籌建大學募捐。當時建一所大學大概要花一百五十萬美元。

康惠爾四處奔走，在各地演講了五年，懇求大家為出身貧窮但有志於學的年輕人捐錢。出乎他意料的是，五年的辛苦所籌募到的錢還不足一千美元。

康惠爾深感悲傷，情緒低落。當他走向教堂準備下禮

拜的演說詞時，低頭沉思的他發現教堂周圍的草枯黃得東倒西歪。他便問園丁：「為什麼這裡的草長得不如別的教堂周圍的草呢？」

園丁抬起頭來望著牧師回答說：「噢，我猜想你眼中覺得這地方的草長得不好，主要是因為你把這些草和別的草相比較的緣故。看來，我們常常是看到別人美麗的草地，希望別人的草地就是我們自己的，卻很少去整理自家的草地。」

園丁的一席話使康惠爾恍然大悟。他跑進教堂開始撰寫演講稿。他在演講稿中指出：我們大家往往是讓時間在等待觀望中白白流逝，卻沒有努力工作，使事情朝著我們希望的方向發展。

他在演講中說了一個農夫的故事：有個農夫擁有一塊土地，生活過得很不錯。但是，當他聽說要是有塊土地的底下埋著鑽石的話，他只要挖出一小塊鑽石就可以富得難以想像。於是，農夫把自己的地賣了，離家出走，四處尋找可能發現鑽石的地方。農夫走向遙遠的異國他鄉，然而卻從未能發現鑽石，最後，他囊空如洗。一天晚上，他在一個海灘自殺身亡。

　　真是無巧不巧！那個買下這個農夫的土地的人，有一天在散步時，無意中發現了一塊奇異的石頭，他拾起來一看，竟然金光閃閃，反射出光芒。他仔細察看，發現這是一塊鑽石。這樣，就在農夫賣掉的土地上，新主人發現了從未被人發現的最大的鑽石寶藏。

　　這個故事是發人深省的，康惠爾說道：財富不是僅憑奔走四方去發現的，它只屬於自己去挖掘的人，只屬於依靠自己土地的人，只屬於相信自己能力的人。

　　康惠爾作了七年這個「鑽石寶藏」的演講。七年後，他賺得八百萬美元，這筆錢大大超出了他想建一所學校的需要。

　　今天，這所學校矗立在賓夕法尼亞州的費城，這便是著名學府坦普爾大學──它的建成只是因為一個人從樸素的故事裡得到了啓迪。

| 作者簡介 |

鮑伯‧摩爾（Bob Moore），美國作家，美國創意思考教育領域享有聲譽的傑出人物，曾任南卡羅萊納州教學學會和課堂教師協會的主席，南卡羅萊納州教育廳的指導顧問。

哦！冬夜的燈光

莫里斯·吉布森

我和我的妻子珍妮特拋下自己的診所，離開舒適可愛的家，來到八千公里外的加拿大西部，這個名叫奧克托克斯的荒涼小鎮。這裡十分偏僻，天氣很冷；但是我們感覺到：我們生活的地方遼闊無垠，這裡有的是溫暖、友誼和樂觀。

我記得一個冬日之夜，有個農民打電話來，說只有他一個人在家，而嬰兒正在發高燒。雖然汽車裡有暖氣，他也不敢冒險帶嬰兒上路。他聽說我不管多麼晚也肯出診，因此請我上門去幫他的孩子治病。

他的農場在十五公里外，我要他告訴我怎樣去。

「我這裡很容易找到。出鎮向西走六公里半，轉北走一公里半，轉西走三公里，再……」我被他搞得糊裡糊塗，雖然他把到他家的路線再說了一遍，我還是弄不清楚。

「我知道該怎麼辦了，醫生。我會打電話給沿途農家，叫他們開亮電燈，你看著燈光開車到我這裡來，我會把開著車頭燈的卡車放在大門口，那樣你就能找到了。」他在電話裡告訴我這個辦法，我覺得不錯。

啓程前，我出去觀察了一下阿爾伯達上空廣闊無邊的穹窿。在冬季裡，我們隨時都得提防風暴，而山上堆積的烏雲，可能就是寒天下雪的徵兆。每一年，都有人猝不及防的在車裡凍僵，沒有經歷過荒原風雪的凶猛襲擊，是不知道它的危險性的。

我開著車上路，車窗外面寒風呼呼的怒吼著。果然，正如那位農民所說的，沿途農家全部把燈開亮了。平時一入夜，荒野總是漆黑一片，因爲那時候的農家夜裡用燈是很節約的。一路的燈光指引著我，使我終於找到了那個求醫的人家。

我急忙檢查嬰兒的病情，這孩子燒得很厲害，不過沒有生命危險。我幫他打了針，再配一些藥，然後向那農人交代怎樣護理，怎樣給孩子服藥。當我收拾藥箱的時候，心裡不由得擔心著，那麼複雜的鄉村夜路，我怎能認得路回去呢？

　　這時候，外面已經下大雪了。那農人對我說，如果不方便回家，可以在他家過一夜。我婉言謝絕了。我還得趕回去，說不定深夜還會有病家來求診。我壯著膽子啓動引擎，把汽車徐徐的駛離這戶人家的門口。老實說，我心裡滿懷著恐懼。但是，車子在道路上開了一會兒，我就發覺我的恐懼和憂慮是多餘的。沿途農家的燈仍然開著，通明閃亮的燈光彷彿在朝我致意，人們用他們的燈光送我回去。我的汽車每駛過一家，燈光隨後就熄滅，而前面的燈光還閃亮著，在等待著我……我沿途聽到的，只是汽車發動機不斷發出的隆隆聲，以及風的哀鳴和車輪輾雪的聲音。可是我並不感到孤獨，那種感覺就像在黑暗中經過燈塔一樣。

　　這時我開始領悟到了亞瑟·普曼（Arthur Chapman, 1873-1935）寫下這幾句詩時的意境：

　　　那裡的握手比較有力，
　　　那裡的笑容比較長久，
　　　那就是西部開始的地方。

Out where the handclasp's a little stronger,

Out where the smile dwells a little longer,

That's where the West begins.

　　——"Out Where the West Begins"　(1916)

| 作者簡介 |

莫里斯‧吉布森，生平不詳。

｜悅讀分享｜

「意料之外的結局」（surprise ending）是書寫故事的一種方式，常給讀者帶來驚喜。這個系列的文章均有這種令人回味的結局。這類故事以情節安排取勝，敘述清晰易懂，不賣弄某種特殊技巧。〈天使〉強調心存善念，總會有好報；〈一杯牛奶〉與〈船長的勇氣〉也是如此，同時說明解決職場難題的三個關鍵詞：勇氣、責任和寬厚的心。在〈一封信〉中我們看到了文中的丈夫是如何用盡心思，才能達到目的。〈差別〉則點出不同的工作態度自然會造成不同的待遇。〈學會感恩〉中的董事長給文中來應徵工作的年輕人生命中最重要的一課：珍惜默默奉獻的永恆母愛。〈祕密花園〉的重心在於告訴我們：任何工作只要持之以恆，總會有花開結果的時候，但最重要的是先要開始，才會有恆心與否的問題。

〈鑽石寶藏〉採用了大故事「套」小故事，一個故事又引出另一個故事的「連環扣」式的寫法，引人入勝。

康惠爾「自己的故事」(他第一次募捐的失敗和他與園丁關於「草地」的對話)和康惠爾演講的「鑽石的故事」,前爲輔、後爲主,二者自然銜接、相得益彰。而牧師與演講、園丁與青草、農夫與土地,每一組「人」與「事」之間又是那樣諧和、契合,似從生活中信手拈來,讀之令人信服。文中發人深省的哲理是從樸實無華的故事中「引」出來的,或者說哲理就是故事本身,使你在不知不覺中頓開茅塞。

「鑽石寶藏就在你腳下」!──記住這一條眞理,你就能眞正認識自己擁有的一切,從而使你成爲生活的主宰!

加拿大西部的小鎮是〈哦!冬夜的燈光〉中的背景,雖然荒涼、偏僻,天氣寒冷,作者和他的妻子卻感受到溫暖、友誼和樂觀。因爲那裡擁有淳樸而眞摯的情意,這情意讓荒涼的小鎮和寒冷的冬夜洋溢著無限的溫馨和暖意,讓我們感受到了人與人之間相互關愛的美好和溫暖。

發現平淡之美

有時，最美好的風景不在遙遠的他方，而在我們的身邊；
有時，最幸福的滋味不需太多的金錢，只要一顆善感的心。
別太匆匆，試著釋放感官，去聽、去想、去品味，
或許窮盡心力所追求的夢想，早已在我們的手上。

一個值得回憶的夜晚

〔美國〕 大衛・莫澤爾

　　在一個陌生的地方迷失方向，並不是一件很令人難為情的事情。在經歷了最初的驚愕與迷惘之後，它可以成為一次有趣而令人難以忘懷的人生奇遇。幾年前，我在倫敦就曾有過這樣一次經歷。

　　那天晚上，我突然發現自己迷失在一個廣場上，周圍的街燈泛出五顏六色的光，人們坐在小攤子後面，賣著從香水到烤餅的各色各樣的東西。一個婦女想賣給我一副精製繡花手套。「給您的夫人買一副吧？」她帶著懇求的語氣問道。我說我沒有夫人。但看到她一臉失望的神情，我還是違心的買下了。

　　買下一副無用的手套──算是自己盡了一個良心上的義務，這舉動真有點近於發瘋，可是心裡感覺還挺不錯，但直到進入地下鐵道去打聽我下榻的旅館方向時，我才意

識到應當好好欣賞欣賞這次迷路的奇遇。

我感到那些事情——那些假如不是迷路我永遠也不會注意到的瑣事，眞是精采極了。我看到一位賣花老婦人坐在靠地下鐵道牆邊的長凳上，她的籃子已快空了，裡面只有一朵黃玫瑰。她脫下鞋，正在用手揉著一隻勞頓的腳，臉上溢著行將結束一天奔波的舒心的微笑。我把那最後一朵黃玫瑰買了下來。轉眼，我又看到月臺上有一個賣報小販，有趣的是，在他一嘴如煤塊般黑的鬍鬚中，竟有一小撮近乎雪一樣白，彷彿太陽正竭力從烏雲中透出明亮的眼睛。我從他那兒買了一份晚報。在火車上，我看到對面坐著一個學者模樣的老人，一本書攤放在他的腿上，他的額上刻著因一生的刻苦鑽研而帶來的細小皺紋。他在打盹。當我準備下車的時候，他醒了過來，對書露出了歉疚的微笑，彷彿爲自己在生命的餘光裡打瞌睡向它道歉。而後他對我也微笑了一下，說，「嗨，老了。」

當我走出地鐵，朝向正確的方向時，迎接我的是一片幽暗的天空，上邊只有一顆星星向我閃著眼。上帝並沒有熄滅他房間裡的所有燈盞。他留下了一盞，爲那些孤獨的靈魂指路，使人們從此不再迷失於回家的路途。

　　那一夜，我的收穫不多，一副手套，一朵黃玫瑰，一張晚報，一個微笑的記憶和一顆模糊的星光。但生活不就是由這樣的小事情組成的嗎？

| 作者簡介 |

大衛・莫澤爾，美國作家。

奇妙時光

〔美國〕 阿萊薩·林德斯佳

　　我朝廚房裡的掛鐘望了一眼。如果快一點兒的話，也許能在丈夫卡羅回家之前把衣物熨好，不過晚飯肯定是要遲了。自從卡羅和我帶著五歲的兒子蒂姆一起搬到這個農場以後，我好像總是有做不完的事。

　　我略停了一下，擦了擦臉上的汗水。密西根州的四月從未這麼早就熱起來，而現在簡直有些不合時令，加上伴隨而來的乾燥更使人感到焦慮不安。天儘管陰沉著，但這的確是我經歷過最乾燥、最炎熱的天氣。

　　我剛俯下身，從籃子裡拎起一件襯衣放到熨板上，就在此時聽見蒂姆在門口大聲的喊起來：「媽媽，快來呀！」

　　「出什麼事了嗎？」我不耐煩的在心裡問了一句。要不是蒂姆急切的叫喊著，我是不會出去的。我立刻拔下熨斗的插頭，連忙奔出去。

　　蒂姆站在門前的臺階上，手指含在嘴裡。看上去，顯然沒有什麼急事。

　　「怎麼了？」我問，「你不知道我正忙著嗎？」

　　「你聽呀！」蒂姆拉過我，低聲耳語道，「那是什麼？」

　　過了一會兒，我也聽到一個模糊的聲音從遠處的樹林中慢慢傳來。我聽著，有些困惑，這種聲音我從來沒有聽到過。

　　突然，我明白了。「那是雨！」我輕輕的說，幾乎不能相信是我自己的聲音。

　　「哦，蒂姆！」我說，「雨來了。」我一把抱住蒂姆，簡直是欣喜若狂。

　　多妙啊！我們聽著那急驟的雨點落在地上的劈啪聲，看著院子裡和路上車轍裡積聚著的雨水。於是，我們甩掉鞋子，光著腳跑進雨裡，手拉著手，仰望著天空。很快的我們就被雨水淋透了。真舒服，在可怕的熱天過去之後，雨是多麼涼爽、新鮮啊！

　　我們愜意的一起呼吸著清新的空氣和潮溼的泥土散發出沁人肺腑的氣息。雨，下了一天一夜，雨停後，院子裡

留下了一片銀亮亮的水窪。

但那奇妙的感覺一點也沒有消失，眞的，好像老天爺這個魔術師依舊在揮動著它的魔棒。遠處的草地上，冒出星星點點的白色的紫羅蘭，在明媚的陽光下，綻開著鮮亮的花瓣，空氣是潮溼的，彌漫著令人心醉的芳香。

那天晚上的衣服熨完了嗎？晚飯做了嗎？我已記不得了。但是我卻清晰的記得雨中那美妙的片刻：彷彿世界上只有我和蒂姆看到了那動人的一幕，也許就眞只有我們兩個人——啊，多麼令人欣喜的辰光！

現在，好多年過去了，然而那天晚上的快樂，是那麼讓人留戀，成爲我最難忘的記憶。

蒂姆呢？他已經長大了，離開了家，但每當他回家幫助修整院子裡的雜草時，他總是不去碰那些經過春雨長起來的紫羅蘭。

那天晚上的事，使我體會到了一些東西：當孩子發現什麼東西是那麼奇特、玄妙而且需要你去分享這快樂的時候，你得加入到他們中去。在我看來，孩子們比成年人更親近上帝，因爲大人們太忙於工作，以致往往忽視了上帝爲大自然創造的傑作。

　　這個發現也許是很平常的，就像發現一隻小蝦蟆蹲在花園裡，或像發現一隻紅嘴知更鳥在草坪上餵自己的孩子一樣。但是，你如果拒絕花時間去體味的話，許多年以後，也許會在記憶中失去許多美好的經歷——猶如那在四月的細雨中長起來的白色的紫羅蘭。

|作者簡介|
阿萊薩‧林德斯佳，美國作家。

最美好的時刻

〔美國〕 格拉迪·貝爾

人，在他的一生中有一段最美好的時刻。

記得我的這一時刻出現在八歲那一年，那是一個春天的夜晚，我突然醒了，睜開眼睛，看見屋子裡灑滿了月光。四周靜悄悄的，一點聲音也沒有。溫暖的空氣裡充滿了梨花和忍冬樹叢發出的清香。

我下了床，踮著腳，輕輕的走出屋子，隨手關上了門。母親正坐在門廊的石階上，她抬起頭，看見了我，笑了笑，一隻手拉我挨著她坐下，另一隻手就順勢把我攬在懷裡。整個鄉村萬籟俱寂，臨近的屋子都熄了燈，月光是那麼明亮。遠處，大約一英里外的那片樹林，黑壓壓的呈現在眼前。那隻看門狗在草坪上向我們跑來，舒展的躺在我們腳下。牠伸展了一下身子，把頭枕在母親外衣的下襬。我們就這樣待了很久，誰都不作聲。

　　然而，在那片黑壓壓的樹林裡卻並不那麼寧靜——野兔子和小松鼠、金花鼠，牠們都在那兒奔跳、歡笑；還有那田野裡、那花園的陰影處，花草樹木都在悄悄的生長。

　　那些紅的桃花、白的梨花，很快就會飄散零落，留下的將是初結的果實；那些野李子樹也會長出滾圓的、像一盞盞燈籠似的野李子，野李子又酸又甜，都是因為太陽烤炙的、風雨吹打的；還有那青青的瓜藤，綻開著南瓜似的花朵，花朵裡滿是蜜糖，等待著早晨蜜蜂的來臨，但是過不了多久，你看見的將是一條條甜瓜，而不再是這些花朵了。啊，在這無邊無際的寧靜中，生命——這種神祕的東西，它既摸不著，也聽不見。只有大自然那無所不能、溫柔可愛的手在撫弄著它——正在活動著，它在生長，它在壯大。

　　一個八歲的孩子當然不會想得那麼多，也許他還不知道自己正沉浸在這無邊無際的寧靜中。不過，當他看見一顆星星掛在雪松的樹梢上時，他也被迷住了；當他聽見一隻烏鶇在月光下婉轉啼鳴時，他心裡有一種說不出的高興；當他的手觸到母親的手臂時，他感到自己是那麼安全、那麼舒坦。

　　生命在活動，地球在旋轉，江河在奔流。這一切對他來說也許是莫名其妙的事情，也許已經使他模糊的意識到：這就是生命，這就是最美好的時刻。

| 作者簡介 |

格拉迪・貝爾，美國作家。

沉思角落

讀完前面三篇文章,請想一想:

1. 如果要描述一段自己曾經歷過的「最難忘的
回憶」、「奇妙的時光」,或是「最美好的
時刻」,那會是什麼呢?

2. 如果我們置身在一個沒有電視、電腦、手機、
收音機等電器、電子產品的環境中,前一題
的難忘回憶或美好時刻,還存在嗎?

3. 如果有一天,我們身邊所擁有的物質享受都
被剝奪了,會希望自己在哪一方面仍能保有
滿足和愉快的心情呢?

石上題詞

〔俄國〕 康·巴烏斯托夫斯基

我住在里加海濱一幢暖和的小房子裡。

房子緊靠海邊。如果要去眺望大海，那還得走出籬笆門，再走一段積雪覆蓋的小徑。

海沒有凍結。潔白的雪一直伸延到海水的邊緣。

當海上掀起風暴，聽到的不是海浪的喧囂，而是浮冰的碎裂和積雪的沙沙聲。

向西，在維特斯比爾斯方向，有一個小小的漁村。這是一個很普通的村落：迎風晒著漁網，到處是低矮的小屋，煙囪裡冒出裊裊炊煙，沙灘上橫放著拖上岸的黑色機船，還有長著捲毛的不太咬人的狗。

在這個村子裡，拉脫維亞的漁民住了幾百年，一代一代的接連不斷。

還是像幾百年前一樣，漁民們出海打魚；也是像幾百

年前一樣，不是所有的人都能平安回返。特別是當波羅的
海風暴怒吼、波濤翻滾的秋天。

但不管情況如何，不管多少次當人們聽到自己夥伴的
死訊，而不得不從頭上摘下帽子，但他們仍然持續著自己
的事業──父兄遺留下來的危險而繁重的事業。向海洋屈
服是不行的。

在漁村旁邊，迎海矗立著一塊巨大的花崗岩。還是在
很早以前，漁民們在石上鐫刻了這樣一段題詞：「紀念在
海上已死和將死的人們。」這條題詞從很遠的地方就可以
看到。

當我得知這條題詞的內容時，感到異常悲傷。但是，
一位拉脫維亞作家對我講述這段題詞時，卻不以爲然的搖
搖頭，說：「恰恰相反，這是一條很勇敢的題詞。它表明，
人們永遠也不會屈服，不論在什麼情況下都要繼續自己的
事業。如果讓我爲一本描寫人類勞動和頑強的書來題詞的
話，我就會把這段話錄上。但我的題詞大致是這樣：『紀
念曾經征服和將要征服海洋的人們。』」

我同意了他的意見。

| 作者簡介 |

康・巴烏斯托夫斯基（1892-1968），生於俄國莫斯科一鐵路員工家庭。曾就讀基輔大學自然歷史系，後肄業於莫斯科大學法律系。當過工人、水手。主要作品有《黑海》、《森林的故事》、《一生的故事》等。其作品多以自然為主題。1956年出版的散文集《金薔薇》以簡潔的敘述和獨到的見解，成為一代人的「文學教科書」。

春到海堤

〔德國〕　臺奧多爾·施托姆

　　我們的海岸邊以前曾長著好多高大的橡樹林，樹木茂密，一隻小松鼠可以從一根樹枝跳到另一根樹枝，連續幾哩的不著地面。傳說當婚禮行列穿過樹林時，新娘必須摘下頭上的鳳冠，可見枝椏垂得多麼低了。盛夏，這高高的樹木構成的大教堂終日蔽蔭涼爽。那時還有野豬和猞猁在林中穿行。在那雄鷹目力可及的高處，陽光的大海在樹梢上洶湧澎湃。

　　但這些樹林早已被伐光了，只有人們偶爾從黑色的泥沼或從淺灘的淤泥中挖出個把石化了的樹根，它會讓我們後人神思那一片樹冠在與西北方向來的暴風激烈搏鬥，發出驚心動魄的喧囂。而我們今天站在海堤上，望著一片無樹的平原，猶如望著永恆。當那位哈利希島的女子第一次從她的小島來到這裡時，她的話說得多麼正確啊：「我的

上帝，狄個（這個）世界嘎（這麼）大；伊（它）要一直連牢（連著）荷蘭了！」

海堤上的風多麼令人神清氣爽！家鄉是我魂之所繫。在什麼地方又能像這兒一樣盡情享受星期天的早晨呢！

在下面那新開發的沼澤地中，第一陣溫暖的春雨已將無邊無垠的草地染綠；散布著的數不清的牛在吃草，連接著一個個「沼潭」的水溝宛如銀色的帶子在早晨的陽光下閃爍。吼叫聲和撞擊聲在遼闊的原野深處飄蕩，此起彼伏，此呼彼應，相偕成趣。而耕牛的那些長翅膀的朋友們——椋鳥——是多麼活躍！喧鬧的鳥群從低地升起，在我的面前飛來飛去，然後密密麻麻的落在堤頂，稍頃，便靈巧的啄食著，順堤坡而下，向海邊漫步而去。

然而，沿著下方那從城市流來、向大海注入的河流邊，新的穀草編成的網閃閃發光，令人神往，這是為了阻擋海潮的啃囓而鋪設的——河水雍容大方的流過這潔淨的地毯——時值清晨，青春時代夢幻般的感覺再度征服了我，彷彿這個日子將給我帶來難以言傳的嫵媚；每個人都有在心底歡迎幸福精靈光臨之時。

｜作者簡介｜

臺奧多爾・施托姆（Theodor Storm, 1817-1888），德國十九世紀著名小說家和抒情詩人，著有《茵夢湖》、《騎白馬的人》。

如果我是富豪

〔法國〕 盧梭

　　如果我是富豪，我不會到鄉間為自己興建一座城市，在窮鄉僻壤築起杜伊勒利宮。在一道林木蔥蘢、景色優美的山坡上，我將擁有一間質樸的小屋，一間有著綠色擋風窗的小白屋。雖然屋頂鋪上茅草在任何季節都是最愜意的，可是我更喜歡瓦片（而不是陰暗的青石片），因為瓦片比茅草乾淨，色調更加鮮明，因為我家鄉的房子都是這樣的，這能夠幫助我憶起童年時代的幸福時光。我沒有庭院，但有一個飼養家禽的小院子；我沒有馬廄，但有一個牛欄，裡面飼養著奶牛，供給我喜愛的牛乳；我沒有花園，但有一畦菜圃，有一片如我所描繪的果園：樹上的果子不必點數也不必採擷，供路人享用，我不會把果樹貼牆種在房屋周圍，使路人碰也不敢碰樹上華美的果實。然而這小小的揮霍卻代價輕微，因為我幽靜的房屋坐落在偏遠的外

省，那兒金錢雖不多，但食物豐富，是個既富饒又窮困的地方。

那兒，我聚集一群人數不多但經過挑選的友人。男的喜歡尋歡作樂，而且個個是行家；女的樂於走出閨閣，參加野外遊戲，懂得垂釣、捕鳥、翻晒草料、收摘葡萄，而不是只會刺繡、玩紙牌。那兒，都市的風氣蕩然無存，我們都變成山野的村民，恣意歡娛，每晚都覺得翌日的活動太多，無法挑選。戶外的鍛鍊和勞作，刺激我們的胃口，使我們食欲大增。每餐飯都是盛宴，食物的豐富比餚饌的精美更得人歡心。愉快的情緒、田野的勞動、嬉笑的遊戲是世上最佳的廚師，而精美的調料對於日出而作的勞動者簡直是可笑的玩意。這樣的筵席不講究禮儀也不講究排場：到處都是餐廳——花園、小船、樹蔭下，有時筵席設在遠離房屋的地方，在淙淙的泉水邊，在如茵的草地上，在橙樹和榛樹下；愉快的客人排成長長的行列，一邊唱著歌，一邊端出豐盛的食物；草地桌椅、泉水環石當作放酒菜的檯子，飯後的水果就掛在枝頭。上菜不分先後，只要胃口好，何必講究客套；人人都喜歡親自動手，不必假手他人。在這誠摯而親密的氣氛中，人們互相逗趣，互相戲謔，但

又不涉鄙俚，沒有虛情假意，沒有約束，這更有利於溝通情感。完全不需要討厭的僕人，他們偷聽我們的談話，低聲評論我們的舉止，用貪婪的目光數我們吃了多少塊肉，有時遲遲不上酒，而宴會太長時他們還會嘮叨。為了做自己的主人，我們將是自己的僕從，每人都被大家服侍；我們任憑時間流逝；用餐是休息，一直吃到太陽落山也不在乎。如果有勞動歸來的農夫荷鋤從我們身邊走過，我要對他說幾句親切的話使他高興；我要邀請他喝幾口佳釀，使他能夠比較愉快的承受苦難。而我自己因為內心曾經感受些許的激動而喜悅，而且暗中對自己說：「我還是人。」

每逢鄉民的節日，我同我的朋友率先到場；每逢鄰里舉行婚禮，我總是被邀的客人，因為大家知道我喜歡湊趣。我給這些善良的人們帶去幾件同他們自己一樣樸素的禮物，為喜慶增添幾許歡愉；作為交換，我將得到無法估價的報償，一種和我同樣的人極少得到的報償：推心置腹和真正的快樂。我在他們的長餐桌邊就座，高高興興的喝喜酒；我隨聲附和，同大家一道唱一首古老的民歌；我在他們的穀倉裡跳舞，心情比參加巴黎歌劇院的舞會更加歡暢！

作者簡介

讓—雅克・盧梭（Jean-Jacques Rousseau, 1712-1778）是啓蒙時代瑞士裔的法國思想家、哲學家、政治理論家和作曲家，其論文《科學和藝術的進步對改良風俗是否有益》及《論人類不平等的起源與基礎》奠定了他在哲學史上的地位；他在《社會契約論》提出「主權在民」的思想，深深影響了啓蒙運動、法國大革命和現代政治、哲學與教育思想。

悅讀分享

　　〈一個值得回憶的夜晚〉作者採取了一種瀟灑的、對生活「欣賞式」的態度，才使這些看似瑣碎實則充滿人情味「閃光」的小事，成為精神上一種意外的收穫，成為「有趣而難以忘懷的人生奇遇」。因此，本文實際上是在提倡一種生活態度──要生活得「寫意」些。在任何情況下都做到不拘謹，不慌亂，從容閒逸，瀟灑自如。當然，這也並非人人都能做到的，因為心靈的輕鬆曠達本身就是一種境界，因為對生活充滿情趣本身就是一種修養；而單有這種境界和修養還不夠，更重要的，是對周圍的人，尤其是對那些被視為「芸芸眾生」的普通人，要充滿同情和愛心，要富有強烈的人情味。這樣，你就會發現平常人之中的不平常，普通人之中的不普通，並且感受到生活的饋贈是如此慷慨，生活的礦藏是何等豐富。

　　孩子比起成年人，心靈敏感、天真而單純，可容性

和可塑性都強，對事物又總是充滿好奇心和新鮮感。因此，在「發現美」、「捕捉美」的敏捷和機警方面，孩子的童心往往勝於大人的粗心。〈奇妙時光〉中的孩子便是最好的證據。

孩子的母親不僅全身心地「加入」和「分享」孩子的歡樂，而且從中體會到尊重孩子、愛護童心的育人之道，體會到從平凡細小事物中去發現美、品味美的審美情趣。她不僅是一位充滿愛心、家教有方的稱職母親，而且是一位心靈豐富、氣質高雅的難得的女性。

這篇文章以母親的口吻自述其親歷之事，寫得樸實、自然、親切、細膩，對雨中情景的描述尤其清新優美，文末的感慨也獨到、精闢。

正如〈最美好的時刻〉作者所說，「生命在活動，地球在旋轉，江河在奔流」。生命，在某種意義上就意味著「動」。儘管花草樹木的生長是摸不著也聽不見的「動」，但那種內在的生命節律總是在一刻不停的運轉。文章後半部描寫的這種生命的律動，是在前半部「寧靜」

的襯托下顯現出來的。作者先是描繪了一幅萬籟俱寂的月夜圖，然後再寫「靜」中有「動」，這就造成一種氛圍上的反差，在由「靜」入「動」的對比中，把我們一步步引入對生命進程的體驗之中，再加上優美的文筆和孩子心目中的新鮮感，構成了詩一般的意境，使人讀之而陶醉其中。

〈石上題詞〉的作者認為石上題詞所表現的不是「悲傷」，而是「勇敢」──明知海上風暴威脅著生命安全，卻毫不膽怯、勇往直前的繼續著父兄遺留下來的「危險而繁重的事業」，這不是最大的勇敢嗎？作家把風暴中的犧牲者看作是對海洋的征服者；所以他要把「在海上已死和將死的人們」這句話，「修改」成為「曾經征服和將要征服海洋的人們！」──不是死神戰勝了生命，而是不怕死的精神征服了死神！從「積極」的意義來理解，事情的本質不正是如此嗎？

施托姆善於用自然景物烘托氣氛，用花木禽鳥作為思想情感的象徵，使作品中充滿了濃鬱的詩意。他運用

回憶、倒敘和故事套故事等方法，使情節緊湊集中，富於戲劇性。他的主要傾向爲現實主義，同時具有濃厚的浪漫情趣。他的詩格調清新，感情眞摯，意境優美，語言富於音樂性。〈春到海堤〉部分表現了對他作品的評析。

　　細讀盧梭的〈如果我是富豪〉，我們發現，他嚮往的富豪生活不是擁有一座城市和宮殿，而是在「景色優美的山坡上擁有一間質樸的小屋」，在這裡接待的客人不是達官貴人，而是「人數不多但經過嚴密篩選的友人」。他注重的不是物質，而是一顆凡心。

爲自然謳歌

春江帶去了繾綣的相思；夏花映紅了青春的熱血；
秋月照見了歲月的流轉；冬夜磨練了生活的智慧。
自然像一位亦師亦友的知交，像一座開採不盡的寶礦，
何妨推開大門，投入大自然的懷抱吧！

黎明

〔法國〕 蘭波

我擁抱了這夏日的黎明。

宮殿前依然沒有動靜，寂然無聲，池水安靜的躺著。蔭翳還留在林邊的大道。我前行，驚醒那溫馨而生動的氣息，寶石般的花朵睜眼凝望，黑夜的輕翼悄然翔起。

幽徑清新而朦朧。第一次相遇：一朵鮮花向我道出了她的芳名。

我笑向那金黃色高懸的瀑布，她散發飄逸，飛越了松林：在那銀白色的峰巔，我認出了她——女神。

於是，我撩開她一層又一層的面紗。林中的小徑上，我舒展著臂膀，穿過平原，向公雞通告。

都市裡，她逃匿在鐘樓和穹窿之間。我奔跑著，像乞丐般奔波在大理石的月臺，把她一路追尋。

大路上空，桂樹林旁，我用她攏聚的絹紗把她輕輕的

圍裏，我感覺到她那無比豐滿的玉體。黎明和孩子一起倒身在幽林之下。

醒來，已是正午。

| 作者簡介 |

讓—尼古拉·阿爾蒂爾·蘭波（Jean Nicolas Arthur Rimbaud, 1854-1891），19 世紀法國象徵派詩人、散文家。他稟性聰慧，16 歲便開始用拉丁語寫詩，後來他與象徵派詩人保爾·魏爾倫一起流浪比利時和英國，進行創作。1875 年後，蘭波退出詩壇。他的創作生涯雖只有五年多，卻對現代派詩歌的發展產生了深遠的影響。他的代表作品有長詩《醉舟》、散文詩《地獄一季》等。

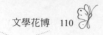

密西西比河風光

〔法國〕 夏多布里昂

密西西比河兩岸風光旖旎。西岸，草原一望無際，綠色的波浪逶迤而去，在天際同藍天連成一片。三、四千頭的野牛在廣闊無垠的草原上漫遊。有時，一頭年邁的野牛劈開波濤，游到河心的小島上，臥在高深的草叢裡。看牠頭上的兩彎新月，看牠沾滿淤泥的飄拂的長髯，你可能把牠當成河神。牠正滿意的眺望著那壯闊的河流和富饒的野岸。

西岸的景色如此，東岸則是另一種風光，兩岸形成鮮明的對比。河邊、山巔、岩石上、幽谷裡，有各種顏色、各種芳香的樹木混雜一處茁壯生長；它們高聳入雲，為目力所不及。野葡萄、喇叭花、苦蘋果在樹下交錯，在樹枝上攀緣，直達頂梢。它們從楓樹延伸到鵝掌楸，從鵝掌楸延伸到蜀葵，形成無數洞穴、無數拱頂、無數柱廊，那些

在樹間攀緣的藤蔓常常迷失方向，它們越過小溪，在水面搭起花橋。繁茂的草木中，木蘭樹挺拔而起，樹冠開滿碩大的白花，俯瞰著整片森林；除了在它身邊輕搖著綠扇的棕櫚，沒有樹木可與之媲美。

造物主將大批鳥獸安置在這蠻荒之地，使之充滿生機和魅力。在小徑盡頭，有幾隻飽餐了葡萄而酩酊醉態的熊，蹣跚的行過榆樹的枝椏；鹿群在湖中沐浴；黑松鼠在茂密的樹林中嬉戲；麻雀般大的維吉尼亞鴿，飛落到由草莓染紅的草地上；黃嘴綠鸚鵡、深紅色的啄木鳥和火焰般的紅雀在柏樹冠頂上盤桓飛舞；蜂鳥在佛羅里達茉莉花上熠熠發光；捕鳥蛇發出陣陣嘶鳴，倒掛在樹梢搖曳，好似一條條藤蔓。

對岸的大草原上一片寧靜，這邊卻是充滿騷動和絮語：鳥喙啄著橡樹幹的篤篤聲，野獸穿越叢林的沙沙聲，動物咀嚼食物或咬碎果核的哑哑聲；潺潺的流水、微吟的草蟲、低哞的野牛、輕啼的斑鳩，使這荒野世界充滿一種溫柔與粗獷的和諧。然而，若有一陣微風吹起，這荒僻之地便活躍起來，那飄浮的物體隨之搖晃，於是將雪白、湛藍、翠綠、粉紅的色彩交錯雜陳，揉合各種色調，匯集各種聲響，

從密林深處發出奇偉之音，呈現了多麼壯觀的景象！我多想描繪出來，可惜力不從心，無法讓沒有親臨遊歷的人領略這大自然的原始之美。

| 作者簡介 |

弗朗索瓦—勒內・德・夏多布里昂（François-René de Chateaubriand, 1768-1848），著名法國作家，19世紀法國浪漫主義文學的先驅。他最先在作品中歌頌廢墟、荒涼和蕭條之美，行文富於抒情節奏，語言華貴優美，富有詩意，成為浪漫主義作家競相效仿的榜樣。重要作品有小說《阿達拉》，散文集《非洲遊記》和《墓畔回憶錄》6卷等。

草莓

〔波蘭〕 伊瓦什凱維奇

　　時值九月，但夏意正濃。天氣反常的暖和，樹上見不到一片黃葉。蔥蘢茂密的枝椏之間，也許略見疏落，也許這兒或那兒有一片葉子顏色稍淡；但它並不起眼，不去細尋便難以發現。天空像藍寶石一樣晶瑩璀璨，挺拔的槲樹生意盎然，充滿了對未來的信念。農村到處是歡歌笑語。秋收已如期結束，挖馬鈴薯的季節正碰上豔陽天。地裡新翻的玫瑰紅土塊，有如一堆堆深色的珠子，又如野果一般的嬌豔。我們一行人一起去散步，興味盎然。自從我們五月來到鄉下以來，一切大致都沒變，依然是那樣碧綠的樹，湛藍的天，歡快的心田。

　　我們漫步田野。在林間草地上我意外的發現一顆晚熟而碩大的草莓。我把它含在嘴裡，它是那樣的香，那樣的甜，真是一種稀世的佳品！它那沁人心脾的氣味，在我的

嘴角唇邊久久不曾消逝。這香甜把我的思緒引向了六月，那是草莓正值當令的時光。

此刻我才察覺到早已不是六月。每一月，每一週，甚至每一天都有它自己獨特的色調。我以為一切都沒有變，其實只不過是一種幻覺！草莓的香味不禁使我想起，幾個月前跟眼下是多麼不同。那時，樹木是另一種模樣，我們的歡笑是另一番滋味，太陽和天空也不同於今天。就連空氣也不一樣，因為那時送來的是六月的芬芳。而今已是九月，這一點無論如何也不能隱瞞。樹木是綠的，但只需吹第一陣寒風，頃刻之間就會枯黃；天空是蔚藍的，但不久就會變得灰慘慘；鳥兒尚未飛走，只因天氣異常的溫暖。空氣中已彌漫著一股秋的氣息，這是翻耕了的土地、馬鈴薯與向日葵所散發的芳香。還有一會兒，還有一天，也許兩天……

我們常以為自己還是青春年少的年紀，還像那時一樣戴著桃色眼鏡觀看世界，還有著同那時一樣的愛好，一樣的思想，一樣的情感。一切都沒有發生任何的突變。簡而言之，一切都如花似錦，韶華燦爛。大凡已成為我們稟賦的東西，都經得起各種變化和時間的考驗。

　　但是，只需去重讀一下青年時代的書信，我們就會相信，這種想法是何其荒誕。從信的字裡行間飄散出的青春氣息，與今天的我們已大不相同。直到那時我們才察覺自己度過的每一天時光，都賦予了我們不同的色彩和形態。每日朝霞變幻，越來越深刻的改變著我們的心性和容顏；似水流年，澈底再造了我們的思想和情感。有所剝奪，也有所增添。當然，今天我們還很年輕——但只不過是「還很年輕」，還有許多的事情在前面等著我們去辦。激動不安、若明若暗的青春歲月之後，到來的是成年期成熟的思慮，是從容不迫的有節奏的生活，是日益豐富的經驗，是一座內心的信仰和理性的大廈的落成。

　　然而，六月的氣息已經一去不返了。它雖然曾經使我們惴惴不安，卻浸透了一種不可取代的香味，真正的六月草莓的那種青春年少的馨香。

| 作者簡介 |

雅羅斯瓦夫‧伊瓦什凱維奇（Jaroslaw Iwaszkiewicz，1894-1980），波蘭作家。作品有《紅色的盾牌》、《榮譽和讚揚》等。他寫於戰前的作品常表現出孤獨感，以平凡人的遭遇來反映時代的面貌，有時流露出悲觀主義情調。

▌悅讀分享 ▌

　　散文大家經常藉細察周遭的人事物，來抒發心中的種種感受，這兒的三篇作品便是明證。詩人蘭波在〈黎明〉中用絢麗的文筆，描繪了「我」追尋黎明女神的過程，把讀者引入一種似夢非夢的意境。隨著詩人瑰麗的想像，我們也不由自主的融進了這個浪漫詩意的意境之中，意念跟隨女神飄忽的身影而飛揚。這個女神，實際上代表了詩人的美好理想，文章寄託了他對未來的憧憬，對理想生活的不懈追求。文章結尾「醒來，已是正午。」讀者也彷彿剛從酣暢的美夢中醒來，不覺恍如隔世。

　　在〈密西西比河風光〉中，夏多布里昂把密西西比河兩岸的各種景物描繪得非常細緻，西岸是草原，草原上有悠閒漫遊的野牛；東岸則到處是顏色各異、芳香四溢的樹木，混雜一處，好似聚會。比植物更熱鬧的則是各種各樣、大小不一的動物，牠們為這神奇的世界帶來魅力和生氣。從一望無際的草原、悠閒的野牛，到各色

的樹木、多樣的動物,再加上動物和植物萬籟交融的大合唱,在作者的筆下彙集成一幅原始而富於浪漫色彩的風景畫卷,表現出作家對大自然的讚美與熱愛。

〈草莓〉寫人生的「變」,作者先寫出一種「不變」的錯覺,然後筆鋒陡轉,寫時光改變著我們的心性和容顏。在文中,「草莓」是「觸媒」,一顆九月的晚熟草莓,觸發了作者對流年似水、青春不再的慨嘆,更觸發了他對人生的深刻感悟。而作者最後的感悟是光陰對我們「有所剝奪,亦有所增添」,剝奪了年華,卻增添了閱歷和經驗——既有對時光不復返的絲絲惆悵,又有一種過來人的沉穩與豁達。全文融情入景、因物悟理。它凝聚著作者提魂攝魄的感受,寄寓著激動人心的生活哲理。

人生哲思

人生像一塊巨幅的畫布，任我揮灑；

人生像一鍋奇異的菜餚，百味雜陳；

站在十字路口時，該走向何方？該如何取捨？

祈求一盞明燈，照亮智慧之道，讓生命發光發熱！

爲子祈禱文

〔美國〕　麥克阿瑟

主啊！求你塑造我的兒子，

使他夠堅強到能認識自己的軟弱；

夠勇敢到能面對懼怕；

在誠實的失敗中，毫不氣餒；

在勝利中，仍保持謙遜溫和。

懇求塑造我的兒子，

不至空有幻想、怯於行動；

引導他認識你，同時又知道，

認識自己乃是真知識的基石。

我祈禱，

願你引導他不求安逸、舒適，

而是經歷壓力、艱難和挑戰，

學習在風暴中挺身站立，

學會憐恤那些在重壓之下失敗的人。

求你塑造我的兒子，

心地清潔，目標遠大；

使他在指揮別人之前，

先懂得駕馭自己；

永不忘記過去的教訓，

又能伸展入未來的理想。

當他擁有以上的一切，

我還要禱求，賜他足夠的幽默感，

使他能認眞嚴肅，

卻不致過分苛求自己。

懇求賜他謙卑，

使他永遠記牢，

眞偉大中的平凡，

真智慧中的開明，

真勇敢中的溫柔。

如此，我這做父親的，

才敢低聲說：「我沒有虛度此生。」

| 作者簡介 |

道格拉斯・麥克阿瑟（Douglas MacArthur, 1880-1964），美國著名軍事將領，1944 年授銜五星上將，並且曾任菲律賓陸軍元帥。20 世紀 30 年代任美國陸軍參謀長，是太平洋戰爭的盟軍主要指揮官之一。他因在菲律賓戰役中的傑出表現獲頒榮譽勳章，他和父親亞瑟・麥克阿瑟是史上第一對同時獲得榮譽勳章的父子。

"A Father's Prayer" （爲子祈禱文）

General Douglas MacArthur

Build me a son, O Lord, who will be strong enough to know when he is weak; and brave enough to face himself when he is afraid; one who will be proud and unbending in honest defeat, and humble and gentle in victory.

Build me a son whose wishes will not take the place of deeds; a son who will know Thee — and that to know himself is the foundation stone of knowledge.

Lead him, I pray, not in the path of ease and comfort, but under the stress and spur of difficulties and challenge. Here let him learn to stand up in the storm; here let him learn compassion for those who fail.

Build me a son whose heart will be clear, whose goal will be high, a son who will master himself before he seeks to master other men, one who will reach into the future, yet never forget the past.

And after all these things are his, add, I pray, enough of a sense of humor, so that he may always be serious, yet never take himself too seriously. Give him humility, so that he may always remember the simplicity of true greatness, the open mind of true wisdom, and the meekness of true strength.

Then I, his father, will dare to whisper, "I have not lived in vain!"

眞實的高貴

〔美國〕 海明威

　　風平浪靜的大海上，每個人都是領航員。

　　但是，只有陽光而無陰影，只有歡樂而無痛苦，那就不是人生。以最幸福的人的生活爲例——它是一團糾纏在一起的麻線。喪親之痛和幸福祝願彼此相接，使我們一會兒傷心，一會兒高興，甚至死亡本身也會使生命更加可親。在人生的清醒時刻，在哀痛和傷心的陰影之下，人們與眞實的自我最接近。

　　在人生或者工作的各種事務中，性格的影響比智力大得多，頭腦的作用不如心情，天資不如由判斷力所節制的自制、耐心和規律。

　　我始終相信，開始在內心生活得更嚴肅的人，也會在外表上開始生活得更樸素。在一個奢華浪費的年代，我希望能向世界證明，人類眞正需要的東西是非常微小的。

悔恨自己的錯誤，而且力求不再重蹈覆轍，這才是眞正的悔悟。優於別人，並不高貴，眞正的高貴應該是優於過去的自己。

| 作者簡介 |

歐尼斯特・米勒・海明威（Ernest Miller Hemingway, 1899-1961），美國記者和作家，被認為是 20 世紀最著名的小說家之一。海明威一生中的感情錯綜複雜，是美國「迷失的一代」（Lost Generation）作家中的代表人物，作品中對人生、世界、社會都表現出迷茫和彷徨。1954 年獲得諾貝爾文學獎。

稱讚

〔英國〕 弗蘭西斯·培根

　　能否獲得稱讚或獲得多少稱讚，常被視爲衡量一個人才華、品德的尺規。其實這正如鏡子裡的幻象。由於這種稱譽來自庸衆，因而常常是虛僞卻未必反映眞價值。因爲庸人是難以理解眞正偉大的、崇高的美德。

　　最廉價的品德最容易受到稱頌。稍高一點的德行也能引致他們的驚嘆。

　　但正是對於那種最上乘的偉德，他們卻是最缺乏識別力的。

　　因此人們常常受到欺騙，寧肯把稱讚贈予僞善。所以名譽猶如江河，它所漂起的常是輕浮之物，而不是確有眞分量的實體。

　　有價值的稱讚應該來自眞正的、有眞知灼見之士。這種稱讚正如《聖經》所說：「名譽強如美好的膏油，死後

超過生前。」只有它才能蕩漾四方並且歷久彌香。

　　對於稱讚加以懷疑是有道理的，因為以虛譽釣名的事實已多不勝數。假如稱頌你的人只是一個平庸的獻諂者，那麼他對你說的就不過是他常可對任何人說的一番套話。

　　但假如這是一個高超的獻諂者，那麼他必定會使用最好的獻諂術，即恭維一個人心中最自鳴得意的事情。

　　而假如獻諂者具有更大的膽量，他甚至敢公然稱頌你內心中深以為恥的弱點，把你的最大弱點說成最大的優點，最大的愚笨說成最高的智慧，以「麻木你的知覺」。

　　也有一種稱讚是助人成善的，這就是所謂「鼓勵性的稱讚」。許多賢臣曾以此術施之於他們的君主。當稱頌某人是怎樣時，其實他們是在暗中指點他應當怎樣。

　　有些稱讚比咒罵還惡毒，這就是那種煽動別人嫉恨你的稱讚，此即所謂「最狠的敵人就是正在稱頌你的敵人」。所以古希臘人說：「謹防鼻上有瘡卻被恭維為美。」猶如我們俗話常說的「舌上生瘡，謹防說謊」一樣。

　　即使好心的稱讚，也必須恰如其分。所羅門曾說：「每日早晨，大誇你的朋友，還不如詛咒他。」要知道對好事的稱頌過於誇大，就反會招來輕蔑和嫉妒。

　　至於一個人自稱自讚——除了罕見的特例以外，更是會適得其反。人唯一可以自我誇耀的只有職責。因承擔重大的職責是有權引以自豪的。羅馬那些哲學家和大主教們，非常看不起從事實際事務的軍人和政治家，稱他們為「世俗之輩」。其實這些「世俗之輩」所承擔的職責比他們於世有用得多。因此《聖經》中的聖保羅在自誇時常先說一句「我說句大話」；而在談到他的使命時，卻自豪的說：「那是我光榮而驕傲的職責！」

| 作者簡介 |

弗蘭西斯・培根（Francis Bacon, 1561-1626），英國文藝復興時期最重要的散文作家、哲學家。他不但在文學、哲學上多有建樹，在自然科學領域裡，也取得重大成就。培根是一位經歷諸多磨難的貴族子弟，複雜多變的生活經驗豐富了他的閱歷，也帶給他更成熟的思想、深邃的言論，且富含哲理。他的整個世界觀是現世的而不是宗教的（雖然他堅信上帝）。他是一位理性主義者而不是迷信的崇拜者，是一位經驗論者而不是詭辯學者。

沉思角落

　　我們無法決定生命的長度，但可以決定生命的廣度與深度。請試著想以下的問題：

1. 期望擁有一個什麼樣的人生呢？把它寫下來，一段時間後再來檢視，看看自己是否更接近目標了？或者要再做調整呢？透過這個紀錄的過程，有助於更加了解自己。

2. 希望自己成為一個什麼樣的人呢？當生命結束時，希望人們用哪些形容詞來描述自己的為人處事？

盡善盡美

〔美國〕 奧里森 · 馬登

　　有千萬個人因為自小養成了輕視與忽略工作的習慣，以及對於工作抱持「馬馬虎虎」、敷衍苟且的態度，遂至終身伏處下層，不能抬頭向上。

　　最近我在某大機關中，看見懸示格言，很生感觸。那格言是：「我此地，一切都求盡善盡美。」「盡善盡美」這真是值得做我們每人終生的格言！假使每人都能採用這格言，實行它，並決意不論做什麼事，都要盡至善的努力，以求得至美的結果，則人類幸福不知要增進多少啊！

　　人類的歷史，就充滿了為那些工作不可靠、不忠實的人們的苟且，與不小心而所造成的種種慘劇。不久以前，賓夕凡尼亞州的奧斯丁地方，有一個鎮完全被淹沒，損失了許多的生命，就因為堤岸的工程建築苟且而不忠實，不能履行原訂計畫的緣故。

工作不謹慎、不認真，處處會造成悲慘的結局。無數手足殘廢的人，都在告訴我們，那是人們工作不認真與不小心的結果。

假使人們工作時都能盡心盡力，求其澈底，則不但人們枉死的數目可以大大的減少，我們的品格也會因此而提高。

做事苟且貪懶，這種習慣一朝養成，可以使那人的品格大受影響。他將在一切事上，也不忠實。凡是輕視自己的工作的人，即是輕視自己品格的人。苟且而不可靠的工作，代表著，構成的是，苟且不可靠的人格。在你的手中，每做出一件苟且而劣等的工作，都足以損害你的效率，你的辦事能力，你的人格。苟且而劣等的工作，對於你的自尊心與最高理想，是一種汙辱。它是足以拖陷你不得向上的仇敵。

事無大小，每做一事，總要竭盡心力，求其完美，這是成功的人的一種標記。凡是出人頭地的青年，都是不肯自安於「尚可」，或「近似」，而必求盡善盡美的青年。為世界人類創立新標準、新理想，而撐著進步之旗幟的，也正是這一類人！在他們的天性中，有著要求盡善盡美的

人！

　　有人說：「無知與輕忽，所造成的禍害，不相上下」。有許多青年人的失敗，就在這「輕忽」的一點上。他們所做的工作，從來不會是絕對可靠，絕對正確的，他們的工作，總需要他人的審查、校正。這樣的人，永遠不會升到優異的位置上。

　　在日常職務上，對於那些尋常的、微小的工作，忠實的執行，這就是使我們漸漸走上高等地位的階石。我們日常所做的事務，可以引導我們進入「上升」之門。然而多數的青年都見不及此。

　　青年人往往念念不忘的想找更高的位置、更大的機會，以使自己有「用武」的機會。他們會對自己這樣說：「我現在做的枯燥、機械式的職務，平凡而渺小的工作，有什麼道理呢？那真是不足為奇呀！」但是出人頭地的青年，卻能在簡單的職務中，看出與造成大機會來；在尋常的情景下，卑微的位置上，看出與造成不尋常的機遇來。在做事時，只要你能常比一般人做得更好，更敏捷，更精確，更可靠，更整齊，更創新、隨機應變些，你自然能引起在上者的注意，使你步步高升了。不管你的薪資是如何的菲

薄，但你不能為了這個理由，而對工作稍存一絲苟且或不盡力的念頭。每做完一件工作時，應該要有勇氣對自己這樣說：「對於這件工作，我可以問心無愧。我不但是做到『還好』，更是在我能力範圍內的『最好』！對於這件工作，我經得起任何人的評判。」

「澈底」的精神，是一切成功人士的特徵。偉大、成功的人們之所以成功或偉大，就在他們做事時殫精竭慮、秋毫必察的精神。許多青年人的毛病，就在「不澈底」。他們對工作、事業、不想求其盡善盡美，卻想得到最良好的結果，那自然是不可能的。

狄更斯非至準備充分時，不願在公眾前朗讀他的作品。在面對眾人之前，他總要每天把那篇選定的文字誦習一遍，前後歷時六個月之久。

法國知名的小說家巴爾札克，有時耗費一個星期只寫出一頁稿紙。然而他的聲譽，絕非近代的一般通俗作家所能企及。

許多人對於職務、工作的苟且、潦草，都藉口於時間不夠。但這是不對的。在我們的日常生活中，時間足夠讓我們好好的做事。假使我們做事，都養成追求盡善盡美的

習慣，則我們的生命，一定能變爲更完滿、更快樂；而天下過著美滿生活的人，將大大的超過了過著殘缺的生活的人了。

達到最高處！攀登最高峰！從事任何事業，做任何工作，我們都應抱著這樣的態度。

| 作者簡介 |

奧里森·馬登（Orison Swett Marden , 1848-1924），美國成功學的奠基人與最著名的成功勵志導師。《成功》雜誌的創辦人，這份雜誌在美國無人不知，它以創新的方式傳播成功學，致力協助每個想出人頭地的年輕人獲得成功。

衣衫

〔黎巴嫩〕　紀伯倫

　　有一天，美和醜在海邊邂逅，他們互相慫恿：「咱們到海裡去游泳吧。」

　　於是他們脫下衣衫，在海裡游泳。過了一會兒，醜回到岸邊，穿上原本屬於美的衣衫，逕自走他的路了。

　　接著美也從海裡出來，他找不到自己的衣服，但他太羞報，不敢赤身裸體，於是他只好穿上原本屬於醜的衣衫。美也逕自走他的路了。

　　所以，直至今日，世上的男男女女，錯把醜當作美、美當作醜。

　　然而，有些人看見過美的真面目，儘管穿錯了衣服，他們還是能認出他來。有些人認得醜的真面目，衣衫矇騙不了他們的眼睛。

| 作者簡介 |

卡里・紀伯倫（Khalil Gibran, 1883-1931），黎巴嫩詩
人，代表作有《淚與笑》、《沙與沫》和《先知》。
1908 年赴巴黎師從羅丹學習藝術，後興趣轉向文學，
初期用阿拉伯語，後用英語進行寫作。紀伯倫的許多
作品都帶有基督教色彩。

人生的五個球

〔美國〕 布萊恩‧戴森

　　試著把生活想像成一個遊戲——在空中拋接五個球，它們是：工作、家庭、健康、友誼和精神。你盡量想讓它們牢牢固定於空中，很快你就會發現，唯有工作是個橡皮球，拋之於地，還會反彈回來；而另外四個——家庭、健康、友誼和精神都是玻璃球，如果將其中任一個拋至地上，不可避免會留下疤痕、裂縫，會受損，甚至粉身碎骨，無法復原。因而，你必須懂得維繫生活的均衡。

　　如何維繫生活的均衡呢？

　　切勿盲目與他人比較，而低估自身的價值。須知，人與人之間有差異，才顯出個性。

　　切勿視他人的追求為自己的目標，唯有你自己知曉自身所需。

　　切勿淡漠心靈深處的東西。珍視它們，如同生命；反

之，生活將空洞黯然。

切勿讓生命從指間悄然流逝，充斥昨日的憂傷和明天的憧憬。活在今天，將會讓每個日子充滿陽光。

切勿屈服認輸，一息尚存，奮鬥不止。

切勿以真愛難求為由而緊閉心扉。給予愛，才能得到愛；緊抓住愛，只會失去愛；賦予愛一雙翅膀，才會令愛長駐。

切勿做生命的匆匆過客，將自己源自何方及去往何處拋在腦後。

切勿忘懷，得到他人的理解是人生最強烈的感情需要。

切勿停止學習，知識不會成為負擔，帶著它，你可輕裝上路。

切勿虛度時光。

切勿出言不善，正所謂，覆水難收。

生活不是一場比賽，而是一段旅途，需要我們細細品味。

昨天已成歷史，明天仍是未知，而今天是上帝的恩賜。正因如此，我們稱今天為「禮物」。

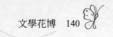

｜作者簡介｜

布萊恩・戴森（Brian Dyson），前任可口可樂執行長。

震撼世界的一塊墓碑

佚名

當我年輕的時候，我的想像力從沒有受到限制，我夢想改變這個世界。

當我成熟以後，我發現我不能改變這個世界，我將目光縮短了些，決定只改變我的國家。

當我進入暮年後，我發現我不能改變我的國家，我的最後願望僅僅是改變一下我的家庭。但是，這也不可能。

當我躺在床上，行將就木時，我突然意識到：如果一開始我僅僅去改變我自己，然後作為一個榜樣，我可能改變我的家庭；在家人的幫助和鼓勵下，我可能為國家做一些事情。然後誰知道呢？我甚至可能改變這個世界。

據說在倫敦著名的西敏寺地下室的墓碑林中，有這麼一塊名揚世界的墓碑。

這是一塊很普通的墓碑，粗糙的花崗石質地，造型普通，不能同周圍那些質地上乘、做工優良的國王或名人的墓碑相比。沒有姓名，沒有生卒年月，甚至上面連墓主的介紹文字也沒有。

據說，許多世界政要和名人看到這塊碑文時都感慨不已。有人說這是一篇人生的教義，有人說這是靈魂的一種自省。

真的，要想撬起世界，它的最佳支點不是地球，不是一個國家、一個民族，也不是別人，而只能是自己的心靈。

要想改變世界，你必須從改變你自己開始；要想撬起世界，你必須把支點選在自己的心靈上。

震撼世界的一块墓碑

When I was a young man, I wanted to change the world.

I found it was difficult to change the world, so I tried to change my nation.

When I found I couldn't change the nation, I began to focus on my town. I couldn't change the town and as an older man, I tried to change my family.

Now, as an old man, I realize the only thing I can change is myself, and suddenly I realize that if long ago I had changed myself, I could have made an impact on my family.

My family and I could have made an impact on our town.

Their impact could have changed the nation

and I could indeed have changed the world.

　　—— Written by an unknown Monk around 1100 A.D.
　　Found on a Tombstone at Westminster Abbey?

▎悅讀分享▎

　　每個令人仰慕的長者，對人生的體驗不盡相同，各有不同的人生哲理。聽聽他們的說法，一定會有意想不到的收穫。

　　麥克阿瑟的〈為子祈禱文〉是以祈禱文形式表現的抒情文，先以「呼告」形式，希望上帝能陶冶兒子具備「堅強、勇敢、誠實、謙遜」；接著期望兒子能夠腳踏實地；同時祈求兒子能勇於接受挑戰；期望兒子有純潔的心地；並請求上帝能賜予兒子幽默感和謙遜；最後一段，總結全文，說明能夠如此才盡了父親的責任。全文文字平淺暢達，不雕琢、不浮華，寫盡了麥帥對兒子的訓誨，也寫盡了天下父親對兒子的期勉，句句出自肺腑，充滿懇切，讀來扣人心弦，極易引起讀者共鳴。

　　海明威在〈真實的高貴〉裡告訴我們，超越自我，優於過去的自己，才是人最應該追求的東西，也是人之為人的高貴之處！

　　讀了培根的〈稱讚〉，人們會恍然大悟，原來稱讚有這麼多層次，如果稱讚你的人是個平庸的人，那可能是諂媚。我們真正需要的是「鼓勵性的稱讚」，但也不能過於誇大。稱讚的拿捏的確是門大學問。

　　奧里森‧馬登在〈盡善盡美〉中，強調做事要「澈底」，主要是他發現做事唯有力求盡善盡美，生命會更快樂。論理清楚，值得再三回讀。

　　紀伯倫的文字常讓讀者有驚豔的感覺。〈衣衫〉這篇不到五百字的短文，說出來卻是大道理。人人都計較自己有幾分美色，擔心自己變醜。作者用海邊美醜衣衫的錯置，說明人們為何錯把醜當作美，美當作醜。別開生面的詮釋使得人們讀完後，回頭檢視自我。

　　〈人生的五個球〉猶如當頭棒喝，喚醒許多自以為是的人。為了懂得維繫生活的均衡，作者提出了十一個「切勿」，並強調「生活不是一場比賽，而是一段旅途，需要我們細細品味。」

　　〈震撼世界的一塊墓碑〉上的文字讓我們想起大學

裡的「……修身、齊家、治國、平天下」這些同樣具有震撼力的文字。人人都知道人是根本，家乃國家細胞。但「男兒志在四方」的說法往往左右了絕大多數年輕人的志向。「立大志」不是壞事，但「自不量力」可以說是能力平庸者一事無成的主因。因此，要想改變世界，要先修己身。至於是否真的有這麼一塊墓碑，並不是很重要。

童詩天地

詩是窗外的蟬鳴，是飛逝的流星；
詩是月下的孤影，是微顫的心弦。
何處不是詩？何時不能詩！

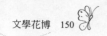

狐狸和刺蝟

〔保加利亞〕　拉傑夫斯基

狐狸對刺蝟說：

「朋友，請聽我講。

我要同你親密坦白的談一談。

當我在路上偶然遇見了你，

縱然我的態度很溫順，

你，我的老鄉，笑也不笑一下，

就準備使用武力，

一身針刺就像是刷子。

唉，難道我們不能和睦共居，

在父親般的陽光下，

在大地母親溫暖寬闊的懷抱裡？

你為什麼要帶著刺人的鎧甲呢？

只要你抖掉那些討厭的針刺，

我倆就可以

像朋友一樣快樂的擁抱在一起！」

刺蝟回答狐狸說：

「美麗的諾言不知你許下多少，

但是，你若拔去你的牙齒，

我一定抖掉我的針刺。」

| 作者簡介 |

赫里斯托‧拉傑夫斯基，保加利亞詩人。農民家庭出身。曾在索菲亞大學攻讀羅曼語言文學。1924 年開始為革命刊物撰稿，後來任《工人文學陣線》雜誌編輯。1929-1934 年由於參加革命活動數次被逮捕。作品有詩集《獻給黨》（1932）、《脈搏》（1936）、《當空氣不夠的時候》（1945）。

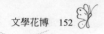

小樹林與火

〔俄國〕 克雷洛夫

交朋友，

要注意，

私利如果蒙著友誼的面具，

只會坑害你。

請聽我講一個故事，

你會更懂得這個真理。

冬天的小樹林邊殘留著一堆火，

那是過路人遺留在這裡。

柴薪將盡，

殘火已奄奄一息。

眼見末日來臨，

它便打小樹林的主意：

「啊，親愛的小樹林，

你的命運怎麼這樣不濟，

渾身連一片樹葉也沒有，

如何把嚴寒抵禦？」

小樹林回答說：

「那是因為冬天我整個兒被雪蓋住，

既不會開花也不會發綠。」

火說：「沒什麼了不起！

只要你同我交朋友，

我會幫助你。

我是太陽的兄弟，

冬天比太陽更能創造更多的奇蹟。

你到溫室裡去打聽打聽：

在大雪紛飛、朔風呼嘯的冬天，

那裡卻是春暖花開、一片碧綠，

而這一切，

都是我的功績。

自吹自擂不好，

我也不愛吹噓，

但我的本事確非太陽能比。

無論太陽從早到晚多麼高傲的閃耀，

它也融化不了半寸雪地；

而你看看我身邊的積雪

融化得多麼澈底！

如果你想在隆冬時節變得像夏天那樣蒼翠，

只需在林間給我一席之地！」

事情就這樣談妥，

於是火苗竄進了樹林裡，

由樹幹，

到樹枝，

熊熊烈焰席捲樹林，

滾滾黑煙直沖天際。

一切都燒光了⋯⋯

往昔過路人在炎炎夏日藉以乘涼的濃蔭，

只剩下一些燒焦的樹樁杵在那裡。

這事不足為奇：

誰教小樹林同火講友誼！

| 作者簡介 |

伊萬‧安德列耶維奇‧克雷洛夫（Ivan Andreyevich
Krylov, 1769-1844），俄國著名的寓言作家、詩人，
與伊索和拉‧封丹齊名。他將寓言內容與現實緊密聯
繫，運用幽默而樸實的語言風格使寓言突破了道德訓
誡的界限，成為諷刺的利器。他藉由寓言這一體裁，
把俄羅斯民間生動樸實的語言引入文學中，為俄羅斯
文學的進一步發展奠定了基礎。

沉思角落

1. 在現實世界中，狐狸是刺蝟的天敵，火種是樹林的殺手。〈狐狸和刺蝟〉與〈小樹林與火〉兩篇童詩的作者都運用了想像力，讓兩個對立的角色能夠對話，產生戲劇化的情節。試著仿這樣的手法，也寫一篇短詩吧！

2. 是否看過一本童書《蝌蚪的諾言》？它述說了一隻蝌蚪和毛毛蟲的相戀故事，然而牠們長大後變成青蛙和蝴蝶，也造成意外的結局。試著去觀察一些生物的生長過程，找出狀況類似的生物，自己編一個好玩的故事吧！

蟈蟈和蛐蛐

〔英國〕 濟慈

大地的詩歌從來不會死亡：

當所有的鳥兒因驕陽而昏暈，

隱藏在陰涼的林中，就有一種聲音

在新割的草地周圍的樹籬上飄蕩

那就是蟈蟈的樂音啊！牠爭先

沉醉於盛夏的豪華，牠從未感到

自己的喜悅消逝，一旦唱到疲勞了，

便舒適的棲息在可喜的草叢中間。

大地的詩歌呀，從來沒有停息：

在寂寞的冬天夜晚，當嚴霜

凝成一片寧靜，從爐邊就彈起了

蛐蛐的歌兒，在逐漸升高的暖氣，

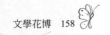

昏昏欲睡中，人們感到那聲音

彷彿就是蟈蟈在草茸茸的山上鳴叫。

| 作者簡介 |

約翰·濟慈（John Keats, 1795-1821），出生於 18 世紀末年的英國倫敦，傑出的英詩作家之一，也是浪漫派的主要成員。濟慈自幼喜愛文學，由於家境窘困，不滿 16 歲就離校學醫。1816 年，他認識了李·亨特、雪萊等著名詩人，受到他們的影響。於是他棄醫從文，走上了詩歌創作的道路，終於成為英國文壇上一顆光彩奪目的巨星。

和且柔

〔英國〕 丁尼生

和且柔，和且柔，

遠海西風軟如綢，

柔，柔，和且柔，

遠海西風軟如綢。

吹過動盪的波山浪谷，

吹向月落處，遠海窮陬，

將那小船吹回頭；

我的寶貝，我的小心肝睡著時。

安心睡，安心睡，

爸爸就回看寶貝，

睡，睡，安心睡在媽媽懷裡。

爸爸就回看寶貝；

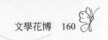

海上一片銀光，月色清翠，

小船乘風歸來，蕩漾徘徊，

歸來看我的小寶睡，

睡吧，我的小寶貝，睡吧，美麗的小心肝。

| 作者簡介 |

阿佛烈‧丁尼生（Alfred Tennyson, 1809-1892），是
英國著名的桂冠詩人。詩作題材廣泛，想像豐富，形
式完美，詞藻綺麗，音調鏗鏘。其 131 首的組詩《悼
念》被視為英國文學史上最優秀哀歌之一，因而獲桂
冠詩人稱號。重要詩作有《尤利西斯》、《伊諾克‧
阿登》、《過沙洲》、《悼念集》等。

對星星的諾言

〔智利〕 米斯特拉爾

星星睜著小眼睛，

掛在黑絲絨上亮晶晶：

你們從上往下望，

　　看我可純真？

星星睜著小眼睛，

嵌在寧靜的天空亮閃閃，

你們在高處

　　說我可善良？

星星睜著小眼睛，

睫毛眨個不止歇，

你們為什麼有這麼多顏色，

有藍、有紅，還有紫？

好奇的小眼睛，

徹夜睜著不睡眠，

玫瑰色的黎明

　　為什麼要抹掉你們？

星星的小眼睛，

灑下淚滴或露珠。

你們在上面抖個不停，

　　是否因為太寒冷？

星星的小眼睛，

我向你們保證：

你們瞅著我，

　　我永遠、永遠純真。

| 作者簡介 |

加夫列拉·米斯特拉爾（Gabriela Mistral, 1889-
1957），智利詩人，諾貝爾文學獎得主。她把個人豐
沛的情感完全傾注到她所教育的無數孩子身上。她為
孩子們所寫的、可以輪唱的詩篇於 1924 年彙編出版，
題名為《柔情》。為了向她表示敬意，四千名墨西哥
兒童曾演唱了這部詩作。從此，加夫列拉·米斯特拉
爾的名聲更為遠播。

海邊

〔印度〕 泰戈爾

孩子們相聚在這一望無垠的海邊。

遼闊的穹蒼靜止在上空，

水波永不休止的喧譁著。

孩子們相聚在這無垠的海邊世界，

歡快的手舞足蹈。

他們用沙來造房屋，

用空貝殼玩耍著，

用枯葉編成船，

一隻隻含笑的滑進大海裡。

在這世界的海灘上，孩子們自娛自樂。

他們不懂得怎樣游泳，也不知道怎樣撒網。

探珠者潛入水底摸珠，

商人用船在海上航行；

然而孩子們卻把小鵝卵聚集起來又撒開去。

他們不搜尋寶藏，也不懂得怎樣去撒網。

海水大笑著掀起波濤，

海濱閃耀著蒼白的笑容。

凶險的波濤對孩子唱著無意義的歌曲，

宛如一個母親正在搖著她嬰兒的搖籃。

大海跟孩子們一起玩樂，海濱閃耀著蒼白的笑容。

孩子們相聚在這無垠的海邊，

暴風雨在廣闊的天穹中怒吼，

航船沉寂在無垠的大海裡，

死亡臨近，孩子們卻在玩耍，

在這無垠世界的海邊，

有著孩子們盛大的聚會。

作者簡介

羅賓德拉納特・泰戈爾（Rabindranath Tagore, 1861-1941），印度詩人、哲學家和反現代民族主義者。1913年獲得諾貝爾文學獎，是第一位榮獲諾貝爾文學獎的亞洲人。在世界其他國家，泰戈爾通常被視為一位詩人，而很少被看做一位哲學家，但在印度這兩者往往是相同的。在他的詩中含有深刻的宗教和哲學的見解。對泰戈爾來說，他的詩是他奉獻給神的禮物，而他自己是神的求婚者。他的詩在印度享有史詩的地位。他在許多印度教徒的心目中也是一位聖人。

可憐的孩子

〔法國〕 雨果

看這小小的大地之子

他是如此偉大，身懷上帝最崇高的品德

孩子們呱呱墜地之前

藍天中都閃耀奪目的光芒

在我們輕浮痛苦的謬世

他們翩然而至，是上帝的賜予

他們喃喃的絮語說著上帝的教誨

他們純潔的微笑顯露上帝的寬容

我們的眼棲息了他們甜美的光芒

喔！他們快樂的權利如此簡單！

如果他們挨餓，伊甸園也隨著哭泣

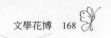

如果他們受凍，天國也痛苦的發抖

而世間貪欲卻不斷侵蝕這些無罪的花朵

罪孽深重的人卻在判斷著是非曲直

凡人卻把天使控於股掌之間

啊！天庭的深處，怎麼有憤怒的雷鳴在攪動！

蔭蔽著我們安息的上帝

仔細挑選出這些溫柔的事物

他送給我們身著錦衣的天使

卻發現孩子們最終在襤褸中哭泣！

｜作者簡介｜

維克多—馬里·雨果（Victor-Marie Hugo, 1802-1885），19世紀法國浪漫主義作家的代表人物，也是法國文學史上非常重要的作家。雨果的創作型式廣泛，幾乎涉及各種文學領域，包括詩歌、小說、劇本、散文、文藝評論，以及政論文章。他善於在作品中傳達人道主義的精神，並對社會與法律的不公平進行尖銳的批判，代表作品有《悲慘世界》和《鐘樓怪人》。

掃煙囪的孩子（一）

〔英國〕 威廉·布雷克

我母親死的時候，我還小得很，

我父親把我賣給了別人，

我當時還不大喊得清「掃呀，掃呀，掃」

我就掃你們的煙囪，裹著煤屑睡覺。

有個小湯姆，頭髮卷得像小羊頭，

剃光的時候，哭得好傷心，好難受，

我就說：「小湯姆，不要緊，光了腦袋，

煤屑就不會糟蹋你的白頭髮。」

他就安安靜靜了，當天夜裡，

湯姆睡著了，事情來得稀奇，

他看見千千萬萬的掃煙囪小孩

阿貓阿狗全都給鎖進了黑棺材。

後來來了個天使，拿著一把金鑰匙，
開棺材放出了孩子們（眞是好天使！）
他們就邊跳、邊笑、邊跑過草坪，
到河裡洗了澡，太陽下晒得亮晶晶。

光光的，白白的，把袋子都拋個一地，
他們升上了雲端，在風裡遊戲；
「只要你做個好孩子，」天使對湯姆說，
「上帝會做你的父親，讓你永遠快樂。」

湯姆醒了，屋子裡黑咕隆咚，
我們拿起袋子、拿起掃帚去做工。
大清早儘管冷，湯姆的心裡很溫暖；
所以說：各盡本分，就不怕吃苦。

　　　　　　　　　　　── 選自《天眞之歌》

掃煙囪的孩子（二）

〔英國〕 威廉·布雷克

風雪裡一個滿身烏黑的小東西
「掃呀，掃呀，」在那裡嗚咽著。
「你的爹娘上哪兒去了？你說說！」
「他們都上教堂去禱告了。

「因為我原本在野地裡歡歡喜喜，
在冬天的雪地裡也總是笑嘻嘻，
他們就拿晦氣的黑衣裳把我罩上，
還教我唱起悲傷之歌。

「因為我看來快活，唱歌又跳舞，
他們就以為沒有使我受苦，
所以跑去讚美上帝、神父和國王，

說他們在我們的苦難中造就了天堂。」

—— 選自《經驗之歌》

| 作者簡介 |

威廉‧布雷克（William Blake, 1757-1827），英國第一位重要的浪漫主義詩人、版畫家。主要詩作有詩集《純真之歌》、《經驗之歌》等。早期作品簡潔明快，中後期作品趨向玄妙晦澀，充滿神祕色彩。

好孩子和壞孩子

〔英國〕 史蒂文生

孩子，你還小，

你的骨頭脆，怕跌倒；

你想長得高大又挺拔，

走路就要沉穩且安靜。

你應該要活潑和乖巧，

飲食簡單，不吵鬧；

儘管世事多困惑，

仍須保持誠實和純真。

快樂的心，快樂的臉，

在青草地上快樂的玩——

古時的孩童就這樣，

長大變成聖賢和國王。

但是壞心、任性的孩子，
還有貪嘴、好吃的孩子，
他們別想得榮耀──
他們的人生是別種樣貌！

哭鬧的孩子、殘忍的孩子，
長大都成了呆頭鵝，
老了後會被侄兒、侄女怨，
人人說他惹人嫌。

作者簡介

羅伯特‧路易士‧史蒂文生（Robert Louis Stevenson, 1850-1894），英國著名的小說家、詩人與旅遊文學作家，也是英國文學新浪漫主義的代表人物之一。史蒂文生是多產的作家，他的小說尤其廣受青少年讀者的喜愛，最知名的作品有《金銀島》和《化身博士》。

母親對兒子說

〔美國〕 蘭斯頓·休斯

噯，孩子，我要對你說：

對我而言，生命從來不是一座水晶階梯。

那上面有釘子，

有裂縫，

木板也是支離破碎，

那上面沒有鋪地毯——

只是空蕩蕩一片。

但是一直以來，

我都在向上爬，

有時爬到樓梯平臺，

有時爬到拐角處，

有時要摸索前進，

四處一片漆黑。

所以，孩子，別回頭。

不要停在臺階上。

否則更難走下去。

那時候，不要倒下來——

因爲我還在繼續，親愛的，

我依然在爬，

對我而言，生命從來不是一座水晶階梯。

| 作者簡介 |

蘭斯頓・休斯（Langston Hughes, 1902-1967）在美國文壇，尤其是黑人文學方面，是一位舉足輕重的作家。他寫過小說、戲劇、散文、歷史、傳記等各種文體的作品，曾把西班牙文和法文的詩歌翻譯成英文，也編輯一些黑人作家的文選，但他主要以詩歌著稱，被譽爲「黑人民族的桂冠詩人」。

悅讀分享

　　在兒童文學所有文類中，童詩常被忽略。童詩選集的銷路一向不理想，但對於喜愛詩歌的人來說，童詩文字的優美、意境的深遠仍然可與其他文類比美，值得我們推廣。

　　這本選集所選的十首詩以趣味為先，但其中另有意涵。

　　在〈狐狸和刺蝟〉中的狐狸，為了達到目的，滔滔不絕，刺蝟簡單一句，就讓對方啞口無言。至於用狐狸與刺蝟來代表兩種類型的人，那是另一類比喻了。〈小樹林與火〉則告訴小讀者，選擇朋友一定要謹慎！自私自利的人，會戴上友誼的假面具，卻又設好陷阱來坑你。〈蟈蟈和蛐蛐〉則是描寫昆蟲世界裡的自然悠歌。夏日的蟈蟈唱出生命的豐盛和歡欣；冬日的蛐蛐（蟋蟀）則唱出生命的閒適慵懶。這些都是濟慈在歌頌大地詩歌之時，也希望人們多加體會大自然中各種幽微的生命。

　　〈和且柔〉中的親情、史蒂文生對孩子的期待，都讓我們感動。在〈對星星的諾言〉裡，我們讀到了詩人對星星的一份承諾，而這份承諾是關於心靈的純真、善良的。星星已不再是星星，它是詩人的信仰，是詩人心裡的力量。星星知我心。

　　相對的，泰戈爾的〈海邊〉還表達對孩子的永恆關懷。孩子們相聚在無垠世界的海邊。暴風雨在廣袤的天穹中怒吼，航船沉寂在無垠的大海裡，死亡臨近，孩子們卻在玩耍。在無垠世界的海邊，有著孩子們盛大的聚會。意象深邃遼遠，表現了純潔無瑕的童趣，種種動人情態和奇思妙想富有兒童特點，象徵著兒童的純潔、寧靜、美好和純真，足以讓恣意「搜求寶藏」的成人羞慚。

　　在雨果、布雷克和休斯的詩中可以聞到抗議的味道，他們替可憐的孩子發言。〈可憐的孩子〉寫出孩子純潔、甜美的光芒有如懷著上帝聖潔之身降臨，然而這些稚嫩的花朵卻經不起成人世界的摧殘，屢屢讓他們挨餓受凍、衣衫襤褸的哭泣。孩子是無辜的，可是大人世界裡荒誕

不經的戰亂，常常讓這些孩子流離失所，頓失依靠。

1789 年英國詩人布雷克發表〈掃煙囪的孩子〉一詩，帶動英國社會對童工制度進行檢討與反思。1824 年由英國散文作家蘭姆（Charles Lamb）推薦，放入反抗「社會不公義」的社會運動宣導手冊，1840 年的 8 月 7 日英國議會終於通過立法廢除童工制，掃煙囪的孩子就此正式消失在英國的大街小巷中。詩所隱藏的力量，是不可忽視的。

〈母親對兒子說〉中飽經風霜的母親苦口婆心的告誡兒子：生命並不是童年時所想像的水晶階梯，可以讓人一路高歌歡唱直奔到頂點。相反的，生命不但不是水晶階梯，它還是一座危梯。爬的人必須咬緊牙關堅持向上，還需要小心翼翼忍受苦難和摔落的危險。母親向孩子坦承生命的艱辛：生活並非一片光明，命運並不同情弱者。母親無非是希望孩子能夠更堅強的面對生命的挑戰，不要氣餒退縮。它採用戲劇性獨白手法，訴說黑人生活的艱辛以及對自由平等的嚮往。

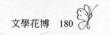

　　十位名家經由細心的觀察，寫下這樣意味深長的短詩，值得我們細細品嘗。

童話世界

它開啓了一片無限廣大的夢幻空間，
讓蟲魚鳥獸和花木溪雲可以對話；
它讓孩子獲得性靈的滋養，學習成長，
每個幸福的童年都需要童話故事！

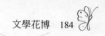

夏至之夜的故事

〔芬蘭〕　薩查爾·托佩柳斯

芬蘭的夏天只有兩個月，時間儘管很短，太陽卻總是不肯下去，即便到了晚上，天空還是亮亮的。於是，人們將這明亮的夜晚稱爲「白夜」。

每年，當地老百姓要在白天最長的那一天，舉辦「夏至節」活動。節日的晚上，街上通宵擺滿攤子，熱鬧非凡。也只有在那天晚上，孩子們才被允許上街徹夜玩耍。

某鎮上的卡爾和蘇芬，是一對感情很好的兄妹。在夏至節的夜晚，兄妹倆匆匆吃完晚飯就出去了。

「哥哥，你想買什麼？」

「先買華夫餅乾，再買眞正的名牌小刀和笛子……」

「我想買糖果、緞帶，還有……」

無論哪個國家，過節都是孩子們十分神往的。那天，他們能得到比平時還多的零用錢，能瞧瞧許多珍奇的東

西。節日活動尚未開始，兄妹倆的心就已經怦怦的跳起來。這時候，他們發現人群中有個衣衫襤褸、形容消瘦、面色哀傷的女孩。

「你還沒吃飯嗎？」蘇芬問道。女孩依然低著頭，沒說話。卡爾不禁把自己的零用錢塞到她的手裡，說：

「這個給你，我們剛吃過晚飯。反正蘇芬的零用錢我倆合著花也夠了。」

「謝謝你。」女孩終於露出了笑容。

街上到處都點起了用木材堆積成的篝火。為了感謝太陽的恩惠，這篝火要一直燃燒到天亮。卡爾和蘇芬坐在火堆旁，歡度這節日的夜晚。

忽然，他們發現樹下站著一個男孩，只穿件破舊的襯衣，冷得直哆嗦。

「到火堆邊來吧。雖然是初夏時節，夜裡還是挺冷的，你要多穿件外衣才好。」卡爾提醒他。

沒想到，那男孩卻眼淚汪汪的回答：「我沒有外衣呀。」蘇芬聽了，就脫下自己的外衣遞了過去：「你穿上我的外衣吧，我不冷。」

這時，傳來了歡快的音樂，卡爾和蘇芬走入人群，跳

起舞來。節日的夜晚總是充滿著熱鬧的氣氛。

當然，無論多麼美好的日子，也總有盡頭的。第二天清晨，卡爾和蘇芬登上高山想看日出。在山上，他倆又遇見了昨夜的男孩和女孩。

「卡爾、蘇芬，昨天太謝謝你們啦！」他們微笑著挽起了卡爾和蘇芬的手。這時，一輪紅日從東方冉冉升起。在橙黃色陽光的照耀下，衣衫襤褸的男孩和女孩轉瞬間變成了光彩奪目的天使。

「每個人都有能力保護自己的天使，我們就是你們倆的天使呀！」

「平時你們雖然看不見我們，我們卻始終陪在你們的身旁，這一點你們可要記住呀。」

天使邊說邊向他倆揮揮手，最後猶如熔入陽光裡似的，在天空中消失了。面對著美麗壯觀的旭日，兄妹倆久久的站在那兒。這次夏至節的美好經歷，卡爾和蘇芬是永遠也不會忘記的。

| 作者簡介 |

薩查爾・托佩柳斯（Zacharias Topelius, 1818-1898），
芬蘭著名的作家、記者，也是歷史學者，曾任赫爾辛
基大學校長。他的兒童文學作品在北歐文學中享有崇
高的聲譽，作品有《兒童讀物》、《芬蘭民間故事集》
等。

國王和麥子

〔英國〕 埃莉諾·法傑恩

我小時候在埃及幫父親種小麥。小麥種下去,我守著那塊土地,看綠色的葉子長出。後來,一天天過去,我看著它們由綠葉變成糧食,田野也由綠油油變成了一片金黃。每年田野裡麥子一片金黃時,我就認為父親是整個埃及最富有的人。

那時埃及有個國王,他有許多名字,其中最短的一個叫「拉」,所以我稱呼他「國王拉」。國王住在美麗壯觀的城市裡。我父親的麥田就在城外,我從來沒有看見過國王,但人們老是談論宮廷裡的故事,談論國王美麗的衣服以及他的王冠和珠寶。據說他的金庫裡裝滿金幣,吃飯都用銀盤,喝水用金杯,床上掛著珍珠鑲邊的紫綢床幔。我很喜歡聽人們談論國王,聽起來他好像是一位童話裡的國王,我不相信他是一個像我父親一樣有血有肉的真人,也

不相信他的金斗篷跟我們的麥田一樣真的存在。

　　有一天，陽光非常炙熱，我父親的麥子已經長得很高，我躺在麥子的陰影下，在一個麥穗上掰下麥粒，一粒一粒的放進嘴裡吃。正在這時，我聽得頭頂上有人在笑，我抬頭一看，只見一個我從未見過那麼高的人正往下看著我。他那卷曲的黑鬍子掛在胸前，他的眼睛像老鷹般凶惡；他的頭飾和衣服在太陽下閃閃發光，我知道他就是國王。他的衛隊就在附近，其中一個衛士牽著國王的馬，是國王交給他的。當下我們互相打量，他往下看，我往上看。接著他笑了，說：「看來你很滿意，孩子。」

　　「我很滿意，國王！」我說。

　　「你吃起麥粒來，就像在吃美味佳餚一樣。」

　　「一點也不錯，國王。」我說。

　　「你是誰，孩子？」

　　「我父親的兒子。」我說。

　　「誰是你父親？」

　　「埃及最富有的人。」

　　「你怎麼知道他是埃及最富有的人呢？」

　　「他擁有這塊土地。」我說。

　　國王用他明亮的眼睛掃視我們的土地，說：「我擁有整個埃及。」

　　我說：「那就太多了。」

　　「怎麼？」國王說，「太多了？不可能太多，我是一個比你父親更富有的人。」

　　聽了這話，我搖搖頭。

　　「我說我比你父親更富有！你父親穿的是什麼衣服？」

　　「穿一件跟我身上一樣的襯衫。」我摸了摸身上的棉布襯衫。

　　「你看我穿什麼！」國王把他的金斗篷抖開，以至拂到了我的臉上。「瞧你還說你父親比我富有？」

　　「他有比金斗篷更寶貴的東西，」我說，「他有這塊地。」

　　國王臉色發青，很生氣。「我把這塊莊稼地燒了，看他還有什麼？」

　　「下一年地裡還會長出麥子來。」

　　「埃及國王總比埃及麥子偉大得多！」國王高聲叫道，「國王比麥子貴重！國王比麥子活得長！」

這話在我聽起來也不確實，我又搖了搖頭。於是，一場風暴似乎要在國王的眼睛裡爆發出來。他回頭對衛士沙啞的喊道：「把這塊地的麥子全給我燒了！」

他們在麥田的四角點起了火，麥子燒了起來。

國王說：「看看你父親的金子，孩子。它從來沒有這樣光亮過，今後也不會再光亮了。」

還沒有等金色的麥子燒黑，國王就走開了，他一面走一面喊，「現在看誰更貴重，麥子還是國王？我這個國王比你父親的麥子活得長！」

他騎上馬，我眼看他走了，他的金斗篷在陽光照耀下閃閃發光。我父親從茅草屋裡爬出來，小聲的說，「我們遭殃了。為什麼國王要燒我們的莊稼？」

我沒法告訴他，因為我自己也不明白。我走到茅草屋後面的小花園，在那裡哭了。當我伸手去擦眼淚時，我才發現吃剩半個麥穗還捏在手心裡。這就是我們最後的財寶——半個麥穗。成千上萬的金黃色麥穗就剩下這點了；我怕國王也把它拿走，用手指在地上挖了許多洞，在每個洞裡放了一顆麥粒。第二年，埃及麥子成熟季節，十棵可愛的麥稈也挺立在小花園的花果叢中。

　　那年夏天國王死了，要以隆重的儀式舉行葬禮。按照埃及的風俗，國王死後要躺在一個密封的墓室中，裡邊要裝滿珠寶、貴重的袍子和各種金子的家具。在他的陪葬品當中，還必須有麥子，免得他在升天路上挨餓。他們派一個人出城來找麥子，那人來去都路過我家的茅草屋。那天天氣很熱，回城的時候，他到我家來休息一會兒，告訴我們他帶來的麥子將同國王埋在一起。由於又熱又累，他很快就睡著了。他的話卻仍在我的耳邊迴響。我彷彿又看到了國王站在我上方說，「國王比麥子貴重！國王比麥子活得長！」

　　我很快的跑到花園裡，把我的十棵麥子砍下來，把金黃色的麥子放在那人為國王收集來的麥子當中。那人醒來時，便拿起那捆麥子，上路回城去了。國王隆重安葬時，他們把我的麥子跟他埋葬在一起。

　　幾百年以後（注），實際上就是去年，一些在埃及的英國人發現了國王拉的墳墓。他們挖開墳墓時，看到各種珍寶，包括我的麥子。那些珍寶一見陽光就成了粉末，我的麥子卻依然如故。那些英國人拿了一些到英國去，路過我父親的房子時，也同很久以前的埃及人一樣，停下來休

息一會兒。他們告訴我父親他們帶的是什麼東西，並且拿出來給我父親看。我也去摸了摸，那正是我的麥子。一顆麥粒黏在我的手掌上，我把它種在這塊地裡。

後來麥子長出來了，長得比其他的麥子更強健。

我父親的麥子比埃及國王活得更久長。

注：「我」講故事顯然是不管年代先後的，所以有「幾百年以後」的說法。

| 作者簡介 |

埃莉諾·法傑恩（Eleanor Farjeon, 1881-1965），英國詩人，童話作家。雖然她的童年時代沒受過正規的學校教育，但她大量的閱讀父親的藏書，獲得了豐富的知識和啟發，七歲起就會用打字機開始創作了，作品常取材於英國民間故事。她的第一本娛樂性故事和童話集《小書房》如同英國卡洛爾、米爾恩的兒童文學作品一樣，在英國及全世界受到廣大兒童和成人的喜愛。一生著作有八十多本，創作類型包括詩、小說、劇本、童謠和童話故事。1956年獲得國際安徒生大獎。

風給男孩一朵雲

〔敘利亞〕 雷拉‧薩利姆

有個叫沙繆爾的男孩，他仰頭看了看天空，見一朵烏雲正朝東方跑去，風在後面趕著它。

「風啊，風啊，給我一朵雲吧！」沙繆爾大聲叫喊著。

「可以，不過你得唱首歌給我聽！」

沙繆爾唱得真誠又動聽。風感動的說：「你唱得真好聽，我就送你一朵雲吧。」

「我想讓它住在我的房間裡。」沙繆爾低聲說。

風微微一笑，把一朵烏雲輕輕往下一推，那朵烏雲就從窗戶飛進了男孩的房間。

「謝謝你，好心的風！」沙繆爾高興的道了聲謝，就連忙把窗戶關上。

烏雲發覺自己被關在一個狹小的房間裡，不高興了，它叫起來：「這是什麼地方，到底發生了什麼事？」

「我是一個喜歡雲的男孩。」沙繆爾回答說。

烏雲不吭聲，它悲傷的蜷縮在天花板的一個角落。

「你怎麼啦？為什麼不說話？」沙繆爾不解的問，「飛吧，變吧，變成一艘白色的小帆船！」

「我不能！」

「那就隨便變個什麼吧！大象、小魚，或者其他什麼稀奇的東西都行。」

「我失去了自由，就什麼奇蹟都創造不了了。」

「我該怎麼辦呢？我可不願意讓你這樣快快不樂啊！」

「請打開小窗，放我走吧！」

「可是，我希望你留在我身邊。」

烏雲沒有說話，它只是沉默著。

「我有一副好嗓子，我可以為你歌唱。」沙繆爾說著彈起琴來，「你一定會喜歡我的歌聲，你一定會同意留下來陪我玩的。」

烏雲聽著沙繆爾的歌聲，想起它過去看過的一條小河，在田野間閃著粼粼的波光。

「不錯，你有一副美妙的歌喉，你是一個善良的孩

子。」烏雲說。

「這麼說，你願意留下來啦？」

「你誤會了，請你放我走吧！」

「我不明白，你爲什麼口口聲聲說要走呢？」

「大海生下我，就把我拋向天空，它對我說：『飛吧，飛到東方去，那裡開滿咖啡花的田野正乾涸著，飛到那裡去下一陣雨吧！』因此，我才往這邊飛的。」

「要是你不飛過去呢？」

「小小的秧苗就會因乾旱而枯死，農民就沒收成了。」

沙繆爾聽了烏雲的話，彷彿聽到從遙遠的地方傳來秧苗被乾旱折磨而發出的痛苦呻吟聲。他立刻跑到窗前，「嘩啦」一下打開窗戶。

烏雲飛了出去，越飛越高，一頭鑽進天空，變成一艘張著白帆的小船。沙繆爾微笑著揮手道別，直到烏雲從視野裡消失……

| 作者簡介 |
雷拉・薩利姆（Raja Salim），敘利亞作家。

去年的樹

〔日本〕 新美南吉

　　一隻鳥兒和一棵樹是好朋友。鳥兒坐在樹枝上，天天唱歌給樹聽。樹呢，天天聽著鳥兒唱。

　　日子一天天過去，寒冷的冬天就要來到了。鳥兒必須離開樹，飛到很遠很遠的地方去。

　　樹對鳥兒說：「再見了，小鳥！明年請你再回來，唱歌給我聽。」

　　鳥兒說：「好的，我明年一定回來唱歌，請等著我吧！」鳥兒說完，就向南方飛去了。

　　春天來了。原野上，森林裡的雪都融化了。鳥兒又回到這裡，來找她的樹朋友。

　　可是，發生了什麼事情呢？樹，不見了，只剩下樹根留在那裡。

　　「原本在這兒的那棵樹，到什麼地方去了呢？」鳥兒

問樹根。

樹根回答：「伐木人用斧頭把他砍倒，拉到山谷裡去了。」鳥兒向山谷裡飛去。

山谷裡有個很大的工廠，鋸木頭的聲音「沙——沙——」的響著。

鳥兒站在工廠的大門上。她問大門：

「門先生，我的樹朋友在哪兒，你知道嗎？」

門回答：

「樹呀，被工廠裁成細條，做成火柴，運到那邊的村子裡賣掉了。」

鳥兒向村子裡飛去。

在一盞煤油燈旁，坐著一個小女孩。鳥兒問女孩：

「小姑娘，請告訴我，你知道火柴在哪兒嗎？」

小女孩回答：「火柴已經用光了。可是，火柴點燃的火還在這個燈裡亮著。」

鳥兒睜大眼睛，盯著燈火看了一會兒。

接著，她就唱起去年唱過的歌兒給燈火聽。

唱完了歌，鳥兒又對著燈火看了一會兒，就飛走了。

| 作者簡介 |

新美南吉（1913-1943）是二戰前日本很活躍的童話作家，雖然他在 30 歲就英年早逝，但留下了很多精采的兒童文學作品。他的作品特色是重視故事性，情節曲折有致。代表作有《小狐狸買手套》、《小狐狸阿權》、《去年的樹》、《花木村和盜賊們》、《毛毯和缽之子》等。

玫瑰花爲什麼帶刺

〔智利〕　米斯特拉爾

　　玫瑰也有過類似其他許多植物的經歷。起初，由於數量衆多以及所處的地點，使她們顯得平庸無奇。

　　誰也想不到，今日的花中公主——玫瑰，原本只不過被用來美化道路。不過，事情確實如此。

　　在一個炎熱的夏日，上帝喬裝成朝聖者，到世界各地漫遊。他回到天庭後說：

　　「在可憐的地球上，那些道路實在太荒涼了！太陽折磨著它們。我看到路上的行人熱得發狂，詛咒謾罵，牲口用牠難聽的嗓子叫苦連天。還有，路旁千瘡百孔的土牆也眞的太難看了。

　　「但是，道路是神聖的，因爲正是它們連接了遙遠的城鎭，而人們在追求理想生活的過程中，也是沿著它們行走的。商人滿懷著成功的希望，香客陶然於狂喜的心靈。

「給這些道路築起一堵鮮豔的矮牆，增添賞心悅目的風光，廣設濃蔭，使人歡快，這將是一件大好事哪！」

於是，上帝讓柳樹伸出低垂的手臂給予祝福，讓高聳入雲的白楊投下拉長的影子，讓莖條攀緣的玫瑰，成為披在醜陋土牆上的華麗盛裝。

在那個時期，玫瑰花富麗又熱情。由於不斷的培育和繁殖，多得無窮無盡。

當白楊樹像一列貞女目送商人和香客經過的時候，當商人和香客坐在涼爽的柳樹下抖落鞋上塵埃的時候，他們都笑了。

在發現了圍牆上那灑滿黃色、白色和紅色斑點的綠色掛毯時——這掛毯簡直像一塊香噴噴的肉，他們的微笑即表示著一種幸福，就連牲口也歡樂的嘶鳴起來。道路上響起了神祕莫測的讚歌，打破了田野的寧靜。

但是，這一回同往常一樣，人們又糟蹋了一份委以信任的愛。

挺拔的身高保住了白楊，懶洋洋的柳枝缺乏魅力，相反的，玫瑰可不一樣，她們就像東方的飲料般馥鬱，像山地的女孩般柔弱，頻頻吸引著路上的人們。

在路邊生活一個月以後，玫瑰被粗暴的虐待，已殘缺不全了，只剩下三、四朵殘花。

玫瑰如同女人，她們為自己的苦難呼號。怨聲傳到了上帝那裡。玫瑰憤怒得渾身發抖，臉憋得比她們的姊妹虞美人還紅，她們這樣說：

「主啊，人是忘恩負義的，他們不配受你的恩惠。不久前，我們完整的、漂漂亮亮的從你手中出去。我們本願取悅於人，為此，我們創造出奇蹟來：我們把花冠開得大大的，以散發出更多的芳香；為了使自己鮮嫩嬌豔，我們的枝幹拚命吸取漿液，終於耗盡了元氣。

「一個牧人走過來，我們低下身子去欣賞那些緊隨在他身後的，圓滾滾如雪團似的羊隻。這個無賴卻說：

「『看起來真像是一片紅霞哪，彎著腰，就如神話中的女王向人問候一般。』

「於是他伸手摘去了兩朵連枝的並蒂花。

「他後面來了個莊稼漢。這位睜大了兩隻眼睛，驚奇的叫道：

「『稀奇！土牆穿上彩布衣服啦，正像一個快樂的婆娘。』

「接著又說：『給阿紐卡和她的女娃捎去。』

「於是他從一條莖上，拉下整著枝條，上邊開有六朵花。

「有個年老的香客走來，他以一副怪模樣瞧呀瞧的，額頭和眼睛都冒出了光來。他嘆道：

「『讚美上帝，創造出這麼純潔無邪的受造物來！主啊，為了她也要把你讚頌！』

「說完，又採走了我們最漂亮的姊妹。

「又走過來一個二愣子。

「『真舒服！』他說：『在這樣的小道上，還有花！』

「他一邊唱著歌沿小徑離去，一邊用手臂從我們身上一掃而過。

「主啊，這樣的日子沒法過啦，再過幾天，土牆又會像以前一樣，我們也必然被弄得蕩然無存。」

「那麼，你們想怎麼樣呢？」

「我們要擁有自衛的能力！人們用刺條和荊棘衛護他們的菜園，你能在我們身上長出類似的東西嗎？」

善良的上帝不由得苦笑起來，他本想創造的是一種仁愛的美。於是，他說道：

「好吧！看來在許多事情上我都得這麼做，人們逼得我不得不在我的創造物上加進仇視和傷痛。」

玫瑰枝條上的皮層腫脹起來，慢慢的形成了鋒利而凸起的刺：玫瑰刺。

人，向來不公正的人，後來倒說：是上帝自個兒抹掉了他所創造的天地萬物的仁慈。

| 作者簡介 |

參看童詩〈對星星的諾言〉的作者簡介。

蘆葦爲什麼是空的

〔智利〕 米斯特拉爾

在和平的植物世界裡，也發生過一次社會革命。據說這一回領頭的是那些愛慕虛榮的蘆葦。造反高手——風，還大肆宣傳，所以很快的在植物界裡除了這件事就沒別的話題了。原始森林跟那些愚蠢的花園結成了親兄弟，爲爭取平等而共同奮鬥。

爭取什麼樣的平等呢？身高的平等！它們的理想是所有的植物都應當一律高高的抬起頭來。玉米並不想讓自己像橡樹那樣強壯，不過是想在同樣的高度搖晃著自己多鬚的花穗。玫瑰則盼望有那樣挺拔的樹冠，用它當枕頭，好哄著自己的花兒在上面安安穩穩的睡覺。

虛榮啊虛榮！一些崇高的幻想，要是違背了大自然，也就使得它們的目標顯得滑稽可笑了。

這一切的結果究竟怎樣呢？人們談論著正在發生的種

種奇怪的現象。大地的神靈以他們異常巨大的活力吹著形形色色的植物，於是一種醜陋的奇蹟發生了。

一天夜裡，那草地和灌木叢彷彿遵從天上星宿的某種緊急命令，陡然長高了好幾十英尺。

第二天，當村民從他們的茅舍裡走出來時，發現苜蓿跟大教堂一樣高，麥子也瘋長得金燦燦的，他們驚慌極了！牲畜惶恐的吼叫，迷失在牧場的一片黑暗之中。鳥兒絕望的吱吱喳喳，牠們的窩已上升到前所未有的高度，牠們不能飛下來尋覓種子吃，因為沐浴著陽光的泥土、地毯似的草地也全不見了。

這時候，勝利了的蘆葦卻放聲大笑，還朝桉樹青色的樹梢摔打著它茂盛的葉子。

就這樣約莫過了一個月。後來事情是這樣發生的：喜歡蔭蔽的紫羅蘭，它紫色的花朵過度暴露在烈日下，枯萎了。

「沒有關係，」蘆葦趕忙說，「它們算不了什麼。」（但是在神靈的世界裡，神靈都在哀悼它們……）

那些拔高到 50 英尺的百合花，折成兩段了。它們像女王頭般大理石似的白花，掉得到處都是。

蘆葦照樣在辯解。（可是美麗和歡樂的女神都在森林裡奔跑，傷心痛哭……）

拔高的檸檬樹被狂風吹掉了所有的花朵。檸檬果，落空了！

「沒有關係，」蘆葦再一次聲明，「它們的果子太酸了。」

苜蓿枯萎了，它們的莖像以前那樣因嬌柔無力而低垂。它們長得太高了，撲倒在地上，像一根根沉甸甸的鐵軌。馬鈴薯為了讓它地上的莖長結實，只長出細小的塊莖，比蘋果的種子大不了多少。

現在蘆葦不再笑了，它們終於嚴肅一點了。

灌木或花草再也不能受精了，因為昆蟲若不拚命鼓動著小小的翅膀，就飛不了那麼高。

而且，據說人們沒有麵包、水果可吃，也沒有餵牲口的飼料，遍地是饑饉和悲傷。

在這種情況下，只有那些高大的樹木依舊安然無恙，樹幹照樣堅挺的高聳著，它們不向誘惑屈服。

蘆葦是最後倒下的——這標誌著它們那與樹木的平等理論已完全破產，它們的根由於溼度太高而腐爛。

　　這時候蘆葦才明白，同過去結實的軀幹比起來，它們變空了。它們忍飢挨餓的直往高處竄，可是肚子裡卻空空的。它們真可笑，就像空心的木偶或玩具娃娃一樣。

　　在這些真憑實據面前，再沒有人能為它們的哲學辯護了，幾千年來再也沒有人提起這件事了。

　　大自然──永遠是寬宏大量的──半年之內就彌補了這傷害，讓一切野生植物依然照往常般的生長著。

　　大地又結了果實，牲口長了肉，人們也得到營養了。

　　但是蘆葦──那些造反頭子──卻永遠帶上了它們恥辱的標記：它們空了，空了……

| 作者簡介 |
參看童詩〈對星星的諾言〉的作者簡介。

月夜與眼鏡

〔日本〕 小川未明

那是綠色覆蓋著整個城市和田野的時節。

一個寧靜的、月色迷人的夜晚。在寂靜的小城盡頭，住著一位老奶奶。這時，她正獨自坐在窗下做針線活兒。

燈光柔和的灑向四周。老奶奶年紀很大，縫線總穿不進針鼻兒裡。她一次又一次的迎著亮光瞅著針鼻兒，用那滿是皺紋的手指撚著細線。

淡青色的月光照著大地。樹木、房屋、小山，都宛如浸在溫暾的水中一般。老奶奶就這樣一邊做著活兒，一邊作夢般的回想自己年輕時候的事，想著遠方的親戚，還有那遠離自己的孫女。

四周靜悄悄的，只有鬧鐘在架子上發出滴答滴答的聲響，還有偶爾從鎮上熱鬧的街市那邊，隱約傳來的叫賣聲，或是火車行駛的響聲。

　　老奶奶幾乎忘了自己身在何處，做些什麼了。她愣愣的坐著，彷彿進入夢幻中，心情異常平靜。

　　忽然，門外響起了「咚咚」的叩門聲。

　　老奶奶朝響聲的方向，側過聽覺遲鈍的耳朵。夜色已深，應該不會有人來的。她想，這一定是風的聲音吧！風總是這樣漫無方向的穿過田野和市鎮。

　　不一會兒，就在窗口下，又響起了輕輕的腳步聲。

　　出乎尋常的，老奶奶竟聽到了。

　　「老奶奶！老奶奶！」一個聲音在叫。

　　老奶奶起初懷疑是自己的耳朵有毛病。她停下手裡的活兒。

　　「老奶奶，請您開開窗戶。」這聲音又在叫。

　　老奶奶想：是誰說話呀？她起身打開了窗戶，屋外青白色的月光把四下裡照得像白天一般明亮。

　　一位個子不太高的男人仰著頭，站在窗下。他戴著黑眼鏡，留著小鬍子。

　　老奶奶問道：「你是誰？我怎麼不認識你？」

　　老奶奶瞧著這位陌生男人，猜想他也許是走錯了門。

　　那個男人說：「我是賣眼鏡的，有許多各式各樣的眼

鏡。我第一次來這個小鎮，真是個令人心情舒暢，環境優美的地方。趁著今晚月色好，我就到處來叫賣。」

老奶奶正為自己眼花，紉不上針而發愁，便問道：「有沒有我戴著合適、看得清楚的眼鏡呀？」

男人打開手裡拎著的匣子，從裡面挑選適合老奶奶戴的眼鏡。不一會兒，拿出一副玳瑁框的大眼鏡，把它遞到從窗口探出頭的老奶奶手裡。

「戴上這副眼鏡，保證什麼都看得清楚。」男人說。

窗下，在那男人站著的地方，白的、紅的、綠色的花草，沐浴在月光下，影影綽綽的開放著，散發著清香。

老奶奶戴上眼鏡試了試，又看看屋裡的鬧鐘和日曆。上面的字都變得清晰起來。老奶奶不由的想到：自己恐怕還是幾十年前做姑娘的時候，才能夠這樣什麼都看清楚的吧。

老奶奶別提多高興了。

她說了聲：「就要這個了。」於是買下這副眼鏡。

付了錢，那個戴著黑眼鏡、留小鬍子的男人就走了。男人的身影消失了，只剩下花草仍然和原來一樣，在夜空中散發著清香。

　　老奶奶關上窗戶，又回到原處坐下。這次她毫不費力的穿上了線。

　　老奶奶把眼鏡戴上又摘下，摘下又戴上。像個孩子似的感到新奇，總要拿在手裡把弄把弄。因為從來沒有戴過眼鏡，忽然一下戴上，周圍一切好像都變了樣。

　　老奶奶又摘下眼鏡，把它放到架子上的鬧鐘旁。時間不早了，該休息了。她尋思著，便開始收拾東西。

　　這時，門外又傳來敲門聲。

　　老奶奶側耳聽著，自言自語的說：「今晚可真奇怪。又來人了。都這麼晚了……」

　　她瞧了瞧鬧鐘。雖然外面月光明亮，但其實夜已經很深了。

　　她站起來，走到門口，聽上去像是一隻小手在敲門。「咚咚」的響聲聽起來很可愛。

　　「都這麼晚了……」老奶奶嘟囔著，打開了門。只見一位十二三歲，美麗的小女孩，正淚眼汪汪的站在門外。

　　老奶奶驚訝的問：「你是誰家的孩子？為什麼這麼晚，還來敲我家的門？」

　　這位頭髮長長、美麗的小女孩說：「我在鎮上的香水

工廠工作。每天把從白玫瑰採集的香水裝進瓶子裡，做到很晚才能回家。今晚下了工，看到月色很好，就一個人閒晃到這裡。剛才不小心被石頭絆倒，手指頭弄出這麼一個大傷口。我疼得受不了，血又流個不停。可是家家都睡了。經過這裡的時候，看到您還沒有睡，我知道您是一位熱心和藹的老奶奶，所以就上前來敲了您的門。」

這個小女孩似乎一身都薰上了香水，當她說話的時候，陣陣香味撲面而來。

老奶奶問：「這麼說，你認識我了？」

小女孩說：「我常常從這裡經過，看到您總在窗下做針線活兒。」

「啊！真是個乖孩子。來，讓我看看你的傷口，我來給你上藥吧。」老奶奶說著，把小女孩引到燈光附近。

小女孩伸出可愛的手指。只見白嫩嫩的手指上流著鮮紅的血。

「哎呀！真可憐，是碰到石頭上劃破的吧。」老奶奶自言自語的說。因為眼花，看不清血是從哪兒流出來的。

「剛才的眼鏡哪兒去了呢？」老奶奶一邊說，一邊在架子上找著。眼鏡就在鬧鐘旁。她趕緊戴上，要給小姑娘

仔細看看傷口。

老奶奶戴起眼鏡，想好好端詳一下這位漂亮的、常從自己門前經過的小女孩的模樣。可是仔細一瞧，老奶奶嚇了一跳。這哪裡是小姑娘，分明是一隻美麗的小蝴蝶！

老奶奶想起，曾聽人說過，在靜靜的月夜裡，蝴蝶會化成人，拜訪那些夜深還沒入睡的人家。

這是一隻腳上受了傷的蝴蝶呀。

老奶奶和氣的說：「好孩子，跟我來吧！」

然後，她走在前面，出了房門，繞到後花園。小女孩默默的跟在後頭。

花園裡各種各樣的花，正在盛開。白天，總有許多蝴蝶和蜜蜂在這裡聚會，十分熱鬧。現在，牠們大概正在綠葉下，做著甜美的夢吧。

只有青白如水的月光在園子裡流淌。

在那籬笆旁，有一簇白玫瑰茂密的開著，宛如一團白雪。

「小姑娘到哪裡去了？」老奶奶驀地站住，環顧四面。

不知什麼時候，跟在後面的小女孩，悄悄的消失了。

「大家都休息了，我也該睡了。」老奶奶說著，回到

了屋裡。

　眞是一個美好的月夜。

| 作者簡介 |

小川未明（1882-1961）是日本現代兒童文學的先驅之
一。在他長達 60 年的創作生涯中，寫下了近 500 篇
小說和 1000 篇童話。1910 年出版的第一本童話集《紅
色的船》，被譽為「在新的文學精神下的新兒童文
學」，為日本新兒童文學運動的發展奠下了基石。他
的童話作品既富有浪漫主義色彩，又帶有濃郁的現實
生活氣息，因此贏得「日本的安徒生」之美稱。

白額頭的狗

〔俄國〕　契訶夫

　　村頭有個獨自生活的老頭子，家裡有一隻小狗，叫做「白額頭」。因為只有額頭上是白色的毛，也就取了個「白額頭」的怪名字。

　　有一天夜晚，森林中的母狼到老頭子的家裡來偷雞。這隻狼年紀很大，已經沒有辦法去抓動作敏捷的動物。為了填飽小狼的肚子，只得到人們的住處偷家禽和家畜。

　　不過，在雞棚前有獵犬在看守。

　　這時候，從儲藏室傳來羊的咩咩叫聲，狼就悄悄溜到那邊去了。

　　儲藏室裡黑漆漆的，好像有白色的東西在活動。母狼以為是小羊，於是一口咬住牠，立刻就往森林方向跑去，跑回自己的家。

　　「把小羊抓來了，大家可以大吃一頓了。」

沒想到，母狼抓來的不是羊，而是那隻白額頭的狗。

白額頭不害怕，看見跟自己同樣小的動物反而還高興起來。

「嗨，大家一塊兒玩吧！」

小狼們忘記肚子餓，跟白額頭玩起來了。

母狼很懊惱，不過她又想：管牠是小羊還是小狗，等孩子們玩膩了，我再把牠吃掉。

第二天早晨。

「媽媽，我肚子餓。」

「吃的東西不就在你面前嗎？把那隻狗吃了吧。」

「媽媽，牠不是食物，是朋友啊。也幫他找點吃的吧。」

「朋友！」

母狼無可奈何，只好出門去。

在等母狼回來的工夫，小狼們和白額頭可不安分。

「喂，到外面走走吧。」

小狼都沒有離開過家門。他們忐忑不安的跟著白額頭走了出來。一看外頭，竟然是一片綠色的美好世界。

小狼們在森林中跑呀跳呀，忽然牠們發現一隻野兔。

對狼來說，這是最好吃的食物。小狼立刻追趕野兔，很快就抓到了。

「今後我們就在森林中自己找吃的好了。」

白額頭想起老頭子家裡那些好吃的東西。

「我要回我主人家。」

白額頭從森林走出來，就看見老頭子和獵狗在追捕遍體鱗傷的母狼，而母狼正朝森林這邊奔逃。老頭子說：

「這一次可不能讓你逃掉了。」

這時候，白額頭晃動尾巴，跳到母狼和老頭子中間，朝老頭子的方向走來。

「白額頭，別擋住，快走開。」

對老頭子來說，狼是偷吃家畜的可惡傢伙，不能讓牠逃走。甚至用白額頭的生命交換，也在所不惜。

「白額頭，原諒我吧！」

老頭子托起槍，手指放到扳機上。

白額頭面朝老頭子，開心的晃動著尾巴。看來白額頭以為大家是在捉迷藏呢。

「辦不到！要我把你打死，辦不到！狗兒們，回家去吧。」

就這樣，由於白額頭，母狼撿回一條命，得救了。

從此以後，狼再也沒有到老大爺家裡去過。因為小狼已能在森林中自己找食物了。不過，母狼一直沒有忘記白額頭。

| 作者簡介 |

契訶夫（Anton Chekhov, 1860-1904），俄國小説家、劇作家、批判現實主義作家。1879 年進入莫斯科醫科大學醫學系，畢業後在茲威尼哥羅德等地行醫，廣泛接觸平民的日常生活，使他的作品忠實反映出當時俄國的社會環境，並流露對貧苦人民深切的同情。〈白額頭的狗〉是契訶夫創作的唯一的一篇童話。他的名言「簡潔是天才的姊妹」也成為後世作家孜孜追求的座右銘。

盲眼鹿

〔烏拉圭〕 基羅加

　　從前，有一頭鹿生了一對雙胞胎。可是不久，其中一頭公鹿被山貓吃了，只剩下一頭小母鹿。小母鹿十分可愛，那些鹿總喜歡在牠身上摩來摩去，表示親熱。

　　每天早晨天剛亮，媽媽就對牠重複說一遍做鹿的規矩，那就是：

　　吃樹葉前要嗅一嗅，確認葉子有沒有毒。

　　下河喝水前，須仔細看看河裡有沒有鱷魚。

　　每隔半小時要嗅嗅空氣，確認有沒有老虎的氣味。

　　吃地上的草，須看仔細草叢裡有沒有毒蛇。

　　這就是鹿的護身符。小母鹿學會了這些以後，媽媽才讓牠單獨行動。

一天下午，小鹿在山上跑來跑去嚼著嫩草，突然看見前面的枯樹幹上有個窟窿，那裡密密麻麻的掛著很多烏黑的小圓球。

「那是什麼呢？」牠有點害怕，但是，太淘氣了，還是用頭撞了一下小圓球，然後才跑開。

牠看到小球裂開了，還向外滴著什麼東西。一群細腰的金色蠅子飛出來，急急忙忙的圍著小球轉。

小母鹿走上前去，那些小蠅子並不叮牠。慢慢的，慢慢的牠用舌尖舔了舔從小球上滴下來的東西。牠得意的咂咂嘴：這是蜂蜜，甜極了！那些黑黝黝的小球是蜂窩。這些蜜蜂沒長蜂針，所以才沒有螫牠。

不到兩分鐘，所有的蜂蜜都被小鹿一掃而光。

牠高興的把這件事告訴了媽媽。媽媽卻說：

「我的孩子，對蜂窩你可得萬分小心！蜜雖然甜，取蜜卻很危險。以後看到蜂窩不許再亂動。」

小鹿卻高興的喊：「媽媽，牛虻和黃蜂才螫人。蜜蜂不螫人。」

媽媽耐心的說：「我的孩子，你錯了，蜜蜂和黃蜂都非常厲害。當心啊，要不你會叫媽媽不高興的。」

小鹿回答：「是的，媽媽！」

可是，第二天小鹿出門做的第一件事，就是沿著人們踩出來的小路去找蜂窩，早把媽媽的話忘在腦後。走了一會兒，總算遇到一個黃腰的黑蜜蜂窩，窩上密密麻麻的爬著蜜蜂。小鹿想：蜜蜂大，蜜肯定更多、更香甜。

於是，牠不顧一切的使勁向蜂窩撞去。一瞬間成百上千的黃蜂飛了出來，把小母鹿渾身螫遍了。哎喲，哎喲！牠的眼睛被螫得睜不開了。

小鹿痛得發瘋似的跑呀，叫呀，突然，牠停住了腳步，什麼也看不見了。兩隻眼睛腫得像桃子似的。這下子小鹿可老實了，又痛又害怕，渾身直哆嗦，只知道絕望的哭：「媽……媽……」

媽媽看小鹿出去那麼久還不回來，就去找。牠滿山遍野的喊著小鹿的名字，最後，終於在一個山腳下找到盲了眼的小鹿。鹿媽媽一步步的攙牠回家。牠的頭搭在媽媽的脖子上，路上遇到的小動物都好奇的來看這個小可憐的眼睛。

鹿媽媽不知道怎麼辦才好，牠只知道山那邊的村子裡有一個獵人，或許他能想辦法。

鹿媽媽帶著小鹿去找獵人的好朋友食蟻獸，請牠寫封介紹信。食蟻獸是一種黃毛小獸，肩上有兩道黑，就像穿了件黑背心似的。牠的尾巴靈巧而有力，常常用尾巴倒掛在樹上。獵人和食蟻獸的友情是從哪兒來的呢？山裡頭誰也不知道。

可憐的鹿媽媽來到食蟻獸的洞口。

「砰，砰，砰！」牠氣喘吁吁的敲著門。

「誰呀？」食蟻獸問。

「我呀，鹿啊！」

「啊，好哇！鹿太太有什麼事呢？」

「我來向你要一封到獵人那兒去的介紹信，我的孩子眼睛瞎了。」

「哎呀呀，是小鹿？」食蟻獸說，「牠多討人喜愛啊！別著急，這事我用不著動筆墨……你只要把這玩意兒拿去給他看，他就會明白的。」

說到這裡，食蟻獸用尾巴尖遞給鹿媽媽一個乾蛇頭。蛇頭乾透了，毒牙還在。牠又接著說：

「只要把這東西給獵人看看，他就會接待你的。」這位獵食螞蟻的專家又補充說：「別的什麼都不必了。」

「食蟻獸，謝謝你！」鹿媽媽高興的說，「你真好！」

鹿媽媽帶著哭鬧不休的小鹿，來到村子裡。牠們唯恐被狗兒發現，緊貼著牆根慢慢的走，終於來到獵人家門口。

「叩！叩！叩！」大鹿和小鹿一齊敲門。

「什麼事？」裡頭的人問。

「我們是鹿，我們有毒蛇頭！」

鹿媽媽急急忙忙的說，好讓獵人知道牠是食蟻獸的朋友。

「喔，」獵人說著就打開門，問：「什麼事呀？」

「來求你治治我女兒的眼睛，她看不見了。」

鹿媽媽對獵人從頭到尾講了一遍蜜蜂的故事。

「唔！我來看看這位小姑娘怎麼了。」

獵人回屋搬出一張凳子讓小鹿坐下。這樣，他不用彎腰就能看清牠的眼睛了。鹿媽媽掛在脖子上的燈籠照著亮，獵人拿著一個很大的放大鏡檢查小鹿的眼睛。

「沒有什麼要緊的。」獵人說著，幫助小鹿從凳子上下來，「但是，必須有耐心。每天晚上給牠塗點藥膏。讓牠在暗處待上二十天，以後再戴上這副黃眼鏡，就會好的。」

「多謝了，獵人！」鹿媽媽又高興又感激，「該付你多少錢呢？」

獵人微笑著回答：「不必了！不過，可得當心狗哩，住在那個房子裡的人養的狗是專門追鹿的。」

鹿媽媽和小鹿都很害怕，輕手輕腳的，走一步停一停，儘管這樣，還是沒有逃過狗的鼻子。這些狗繞著山追牠們，一直追了五、六里才脫險。

果然像獵人說的那樣，小鹿的眼睛真治好了。只有鹿媽媽知道，在這二十天中，把小鹿關在一個昏昏暗暗的大樹洞裡要操多少心。終於在一天早晨，鹿媽媽用頭把放在洞口作為遮光的一大堆樹枝頂開，小鹿戴著眼鏡，又跑又跳的叫著：

「媽媽，我看見了！什麼都看見了！」

看見孩子完全好了，媽媽把頭靠在樹枝上高興得哭了。

小鹿完全好了。可是有一件事使牠內疚，那就是：不知道怎樣報答給自己治病的獵人。

一天，牠想了一個好辦法，便向池塘和湖邊跑去。牠到處找蒼鷺的羽毛，準備送給獵人。這段時間，獵人也常

常想起他醫治過的盲眼鹿。

　　一天晚上，獵人在家看書，忽然，聽見「叩、叩、叩」的敲門聲。

　　開門一看，小鹿給他帶來一小捆溼透了的蒼鷺羽毛。

　　獵人哈哈大笑。小鹿以爲獵人笑牠的禮物太輕，感到羞愧又難過。牠決定再去找又大又乾淨的羽毛。

　　一個星期後，小鹿帶著這些羽毛又來了。獵人這回可沒有笑，因爲鹿是不懂笑的。但是，他回贈給小鹿一個裝滿蜂蜜的竹筒。小鹿收下後高興極了。

　　從那時起，小鹿和獵人成了好朋友。小鹿送給獵人非常珍貴的蒼鷺羽毛，並常常和他聊上個把鐘頭；獵人呢，總是在桌子上擺著一個亮閃閃的罐子，裡面裝滿了蜂蜜，同時，也爲小鹿把高腳凳擺好。就這樣，他倆望著爐火消磨時光。

　　因爲怕狗，小鹿總愛在陰雨的夜裡來。這時，獵人就把蜂蜜罐放在桌子上，把高腳凳子擺好，他喝著咖啡，看著書，等待著他已熟悉的小鹿「叩、叩」的敲門聲。

| 作者簡介 |

奧拉西奧・基羅加（Horacio Quiroga, 1878-1937），
烏拉圭作家。最著名的作品有：《關於愛情、瘋狂和
死亡的故事》（1917）、《林莽的故事》（1918）、《阿
納孔達》（1921）、《流放者》（1926）等等。這些
作品廣受好評，因此名聲遠播。

熊和狐狸

〔俄國〕　亞歷克塞·托爾斯泰

從前，有一頭熊和一隻狐狸。

熊的屋子有個小閣樓，閣樓裡存放著一桶蜂蜜。

狐狸打探到了熊的祕密，想著要把蜜弄到手。

狐狸跑到熊的小屋邊，坐在他的窗下。

「朋友，你不知道我的苦處啊！」

「朋友，你都有什麼苦處呢？」

「我那間小屋壞了，屋角都塌了，我連火爐也生不起來。你讓我在你屋裡搭著住住吧。」

「進來吧，朋友，就到我屋裡來住吧。」

他們睡在爐炕頂上。狐狸躺著，尾巴卻老搖晃著，牠想著：怎麼才能把蜜弄到手呢？熊睡熟了，這時狐狸用尾巴敲出「篤、篤」聲來。

熊問：「誰在外頭敲門呀？」

「這是找我的，我那鄰居生孩子了！」

「那你去吧，朋友。」

狐狸出去了。她爬上小閣樓，動手吃起蜜來。吃飽了，回到爐炕上，又躺下來。

「朋友，哎，朋友，」熊問，「你去的那個村子叫什麼名字呀？」

「開桶村。」

「這名字可真新鮮。」

第二個晚上，他們睡下後，狐狸又用尾巴「篤、篤、篤」的連聲敲著。

「哎呀，又是鄰居來叫我了。」

「那你去吧，朋友。」

狐狸爬上小閣樓，吃去了半桶蜜，又回來睡。

「朋友，朋友，今晚去的村子又叫什麼呀？」

「一半村。」

「這名字也怪新鮮的。」

第三個晚上，狐狸又「篤、篤、篤」的甩響尾巴。

「又來叫我了。」

「朋友，哎，朋友，」熊說，「你可別去得太久喲，

今晚我打算烙甜餅吃。」

「好的，我很快就會回來的。」

她又爬上小閣樓，把整桶蜜給吃了個精光。她回來時，熊已經起床了。

「朋友，哎，朋友，這回你去的村子又叫什麼名字呀？」

「精光村。」

「這名字更新鮮了。現在，咱們來烙甜餅吃。」

熊要動手烙甜餅了，狐狸看了看四周，問：

「你的蜜糖哩？朋友，蜜糖在哪兒？」

「在小閣樓上呀。」

熊爬上小閣樓去取蜜糖。桶裡沒有蜂蜜，空蕩蕩的了。

「誰吃掉了我的蜂蜜？」他問，「八成是你吧！」

「不，朋友，我連蜂蜜的影兒也沒見過呀。恐怕是你自個兒吃掉了，還推到我頭上來！」

熊左思右想……

「有辦法了，」他說，「讓我們來測試到底是誰吃了蜜。我們都躺到太陽底下去，仰著肚皮晒。誰的肚皮上有蜜化開來，誰就是吃了蜜！」

他們倆來到太陽下，仰天躺好。熊躺著躺著，就睡熟了。狐狸可沒入睡，她瞧著自己的肚皮，瞧著瞧著，她的肚皮上淌下一滴蜜汁。她當即把蜜汁從自己的肚皮上刮下來，抹到熊的肚皮上。

「朋友，哎，朋友，你這是什麼！現在該看清是誰吃了蜜了吧！」

熊沒辦法，只好向狐狸承認，他錯怪狐狸了。

| 作者簡介 |

亞歷克塞‧尼古拉耶維奇‧托爾斯泰（Aleksey Nikolayevich Tolstoy, 1883-1945）是著名的俄國作家，他出生於薩馬拉一貴族家庭。1901 年進入彼得堡工學院，中途退學，投身文學創作。他早年醉心於象徵派詩歌，1907 年出版《抒情集》。在完成第二部詩集《藍色河流後面》（1911）之後，轉向現實主義小說的創作，出版中篇小說《伏爾加河左岸》（1911）和長篇小說《跛老爺》（1912）等。

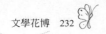

老虎和貓

〔土耳其〕　希克梅特

　　我不知道你是否聽說過，老虎和貓是同一個家族。說起來，貓還是老虎的舅舅呢。

　　有一天，那天是星期二……你也許會問我：為什麼那天偏是星期二呢？說不定，那天是星期三。就說是星期三吧……為什麼是星期三？好吧，就算星期四也行吧……？得啦，咱們的故事就這樣開頭，「有一天」，這樣開頭要更好些。那麼就這樣講，有一天，老虎碰巧遇上了自己的親舅舅——貓。

　　「哎喲，我不幸的舅舅呀，」老虎對貓說，「為什麼你的個兒小得只這麼一點點呀？」

　　「要是你也像我這樣落到人類的手裡，落到那些人——亞當（注：按《聖經》記載，上帝創造的第一個人）的子女們手裡，就會明白為什麼我成了這麼個小不點了。」

「那我倒要瞧瞧了。你能讓我看一個你所說的人 ——
一個亞當的子輩嗎？」

「能啊……咱們這就走……」

虎外甥就跟貓舅舅挨著一塊上路了。走著走著，迎面
走來一群水牛。當他們和水牛走近時，老虎問貓：

「這就是人，是亞當的子女嗎？」

貓聽了哈哈大笑，說：

「你好好瞧瞧這些笨傢伙，亞當的子女中隨便一個小
娃娃也能趕上牠們幾百頭，而且，想趕到哪兒就趕到哪
兒！」

貓舅舅和虎外甥繼續往前走，走著走著，迎面走來一
群馬。當他們和馬群走近時，老虎問道：

「這就是人，是亞當的子女嗎？」

貓大笑起來。

「天哪，小外甥，」他說，「人能騎在牠們背上，跑
遍天下呢。」

貓舅舅又跟虎外甥繼續走。走著走著，迎面走來一群
駱駝。老虎這回心裡十拿九穩，認定前面走來的一定是人，
就大聲說：

「這下錯不了啦！他們准是人，是亞當的子女！」

貓先沒說話，只放聲大笑，然後說：

「你又沒猜中，小外甥！即便人類的小娃娃也能把他們一頭一頭拴在一塊兒，然後騎上毛驢，把這些大個兒趕到他要去的地方。」

貓舅舅跟虎外甥繼續往前走。他們不知走了多久，上山又下山，下山又上山，最後來到一道山脊上。山脊上覆蓋著蓊鬱的森林。林間有一個樵夫，在那裡鋸一根大木頭。他只穿一件無領上衣，捲起兩個袖子。寬闊的額頭上汗水淋漓。

「瞧，他就是人，亞當的兒子。」貓說。

老虎十分驚訝。沒想到人類竟是這麼不起眼的傢伙。貓向樵夫介紹了老虎，並解釋了老虎想要見識一下人類的本事。

「那好啊，歡迎，請只管看就是了，老虎兄弟。」樵夫說。「不過，麻煩你先過來幫我一點兒忙。」他又補上一句。

老虎聽說人要請他幫忙，心裡樂滋滋的。他朝貓（就是他舅舅）眨巴眨巴眼睛，彷彿是說，「你瞧，亞當的子

輩也要請我給他幫忙哩！」

於是，老虎對樵夫說：

「行啊，完全可以。你要我幫什麼忙？」

「喏，你要是能夠，就用你的腳爪把我鋸開的這道木頭縫再扳大一點，那樣，我往下鋸就容易多了。要不然，憑我這力氣，還鋸不開這木頭哩……」

老虎向貓舅舅又眨巴眨巴眼睛，接著彷彿為了顯示自己力氣有多麼大，就把腳爪深深插進樵夫鋸開的木縫裡。樵夫隨即把夾在木縫裡的木楔子敲出來，虎爪立刻被緊緊的夾在木縫裡了。樵夫坐在老虎前面的一個樹墩上，掏出菸斗抽了起來，而老虎還弄不清究竟發生了什麼事，一雙前腳夾在木縫裡，疼得直想大叫，但他又不好意思叫出來，只得暗暗忍著。貓，也就是老虎的舅舅，爬上了一棵松樹，鬍子一顫一顫的。老虎終於再也忍不住痛，抬起頭向貓說：

「天哪，我疼得快受不了啦！舅舅，是不是一定要變得像你這麼小，人才會放了我呢？」

「這只有天知道了，喵嗚──」貓回答。

據說，老虎的舅舅就是從這件事以後，才開始叫「喵嗚」的。

| 作者簡介 |

納瑞姆‧希克梅特（Nazim Hikmet, 1902-1963）是享有國際聲譽的土耳其大詩人。曾赴莫斯科東方大學攻讀法文、物理及化學。1924 年回國後，因從事左派的政治活動而多次遭到逮捕和迫害，並入獄 18 年。他的自由詩充滿戰鬥激情，生前即被譯成多種文字流傳。希克梅特從 1936 年起陸續發表童話，1957 年完成童話集《一朵情意深長的雲彩》。他的童話也曾被拍成電影。

河流的故事

〔英國〕 格伯奈克

「河流喲！你究竟是從哪兒流過來的呀？」伊拉克喃喃低語道。

在一個陽光普照的春天，他躺在河邊一塊長滿苔蘚的地上。一泓澄清的流水，映照著蒼穹，緩緩的、不停的流過去。他手上有一本攤開的書，但是在這樣的景色裡，也無心讀書了。

他在河邊晃蕩了許多時光，這條小河對他說來，已不只是一泓清水，而是一個有理智、有情感、有生命活力的夥伴了。

「我不知道你這樣不斷的流啊流，已經有多久了？」伊拉克問道，「我不知道最早是什麼緣故使你開始奔流？我不知道你在兩岸，曾看過什麼樣的變化？

「假如有個河神可以把這一切告訴我，那我會多麼快

樂呀！我要問問他河流的歷史！」

百鳥爭鳴，流水潺潺，蜜蜂也嗡嗡的叫著。這些和諧而愉快的聲音組成了一首大合唱。

伊拉克一點兒也不想睡。可是他手裡的書已經從指間滑下，掉在草堆裡不見了。河水潺潺的聲音，似乎變得更響亮了，最後，有一串風琴似的聲音摻入流水聲，似乎河流要說話了。

伊拉克很快就看到，有個東西矇矇矓矓的從河面上升起來，乍看像霧氣，然後逐漸凝聚，模糊的輪廓最後變成了人形。

水邊站著一位老人，披著飄逸的天藍色衣裳，他有高高的前額——額頭上的皺紋像微風吹過的水面一樣；他還有一把好長的白鬍子——長到他的胸前，白得像泡沫一般。

浪花一波波沖向他，飛濺在他的衣服上，水珠在陽光下閃閃爍爍。

「您是河神嗎？」伊拉克問道。

老人沒有立刻回答。過了一會兒，他開始用莊嚴而低沉的聲調說話，一串柔和得像音樂般的聲音，從他們之間

流洩而過。

「我的故事從很久很久以前就開始了，河流沒有計時器，我們的紀錄就是刻在岩石和泥沙上的痕跡。忙碌的河水不斷的沖刷著岩石和泥沙，刻上行程的記錄。

「日復一日，太陽升起又落下，季節循環交替，許多世紀過去了。可是對於河流來說，幾個世紀才不過幾天而已。

「許久以前，河流還沒有出現，整個大地沉沒在海洋底下。後來，變化開始了，大陸從海裡升起，曾經是海底的地方，變成了乾燥的陸地。先冒出了山峰，然後是低窪的陸地。

「隨著巨大的變動，原本的海水退去，而陸地的低窪處出現了河流。

「我們河流的生命，發源於涓涓的山泉，或是一支細流中。上方得到雲兒的哺育，下方受到泉水、山澗和小溪的滋養，點點滴滴的積聚了力量，變得更廣闊、更深沉。每條河流的最終目的都是大海。」

「請繼續說下去吧！」當老人話語停歇時，伊拉克懇求道。

　　「那時候，」老人沉靜的說，「在這廣漠的世界上，還沒有人類呢。

　　「那時河床位於較高的水平面。許多河流都為自己開拓著道路——穿過鬆軟的土地，穿過堅硬的石頭。

　　「瞧那邊的岩礁！它的形狀很美。你想像得到那個還沒有礁石的年代嗎？

　　「涓涓滴水日日工作，像用刀斧開闢出道路。每一年，峽谷的深度愈鑿愈深。

　　「後來，我的四周長起了濃密的森林，一些巨獸在陰影下漫遊，鱷魚在河床下來回爬行著。

　　「我們也經歷過冰河期——那時河水像鐵鏈般凝結著，冰河覆蓋著大地。那真是個奇怪的時期，然而也十分偉大！

　　「自從我的河邊出現了人類之後，世界就沒有什麼太大的變動了。

　　「當我第一次見到一個披著獸皮的人類時，還以為他是大森林中的另一種掠奪者。我沒料到，原來他是人類遊牧部落的酋長，他要征服四周的土地。

　　「就這樣，在我的兩岸迅速出現了蓋著茅屋的村落，

同時，許多船舶漂游在我的河面上，原本恬靜清幽的日子消逝了。」

「再告訴我一些關於河流的事情吧！」當老人的聲音低下去的時候，伊拉克懇求道，「河裡的水都是從哪兒來的呀？」

老人揮動著手，顯出不耐煩的樣子。

「這是水的世界呀！」他說道，「上面是水，下面也是水；在大氣中，在地下，在江河湖海中，在雲霧中都有水。水變成蒸氣，變成雨點，變成冰和雪。是啊，這是一個水的世界！」

他的輪廓又變得模糊起來，天藍色的衣服變成了灰白色，長長的白鬍子也不見了，只剩下一些泡沫漂浮在水上。

一抹煙霧飄在老人曾站立過的河邊，然後逐漸變成一陣雨點兒，隨著微風飄到伊拉克的眉尖上。他醒了。

| 作者簡介 |
格伯奈克，英國科普作家。

音樂盒裡的小城

〔俄國〕 奧多耶夫斯基

　　爸爸將音樂盒放在桌子上，說：「米沙！過來，你瞧瞧這個！」米沙是個很聽話的男孩子，他立刻擱下玩具，到爸爸跟前來。多麼別緻、漂亮的音樂盒呀！那是用烏龜殼做的。盒蓋上畫著多有意思的畫呀！有大門、尖塔、一間小房子、兩間小房子、三間小房子、四間小房子……房子多得數不清，都是金燦燦的。樹木也是金燦燦的，樹上的樹葉是銀亮亮的。樹木後面升起了一輪紅日，粉紅色的彩霞四射，照亮整片天空。

　　「這是個什麼小城？」米沙問道。

　　「這是叮叮城。」爸爸一邊回答，一邊撥動彈簧……

　　怎麼回事呀？忽然間，不知從什麼地方傳來了音樂聲。音樂是從哪兒發出來的呢？米沙不明白。他走到門口去聽聽──是不是從別的房間傳過來的？他又走到時鐘前

去聽聽──是不是從時鐘發出來的？他還走到書桌旁去聽聽，走到玻璃櫃前去聽聽，走到這兒聽聽，走到那兒聽聽，連桌子底下都找過了……最後，米沙認定，音樂是從音樂盒裡發出來的。

他走到音樂盒前，望著它，只見太陽從樹後升起、慢慢在天上移動著。天空和小城市越變越明亮，小窗戶被陽光照得一片火紅，尖塔燦爛奪目的閃耀著。然後太陽走到天空的那一面去了，越降越低，終於完全隱沒在小丘後面。於是小城暗了下來，窗戶關上，尖塔不再放光。不過，這樣只持續了一會兒。不久，天上出現了一顆星星，再出現一顆星星，彎彎的月牙從樹後探出頭來。小城市又變得明亮些了，小窗戶銀光閃閃，尖塔放射出淡藍色的光。

「爸爸！爸爸！可以到這小城裡去看看嗎？我真想去！」

「這可不容易，對你來說，這小城太小了。」

「爸爸！我這麼小，沒關係。你讓我到那兒去吧！我真想見見那裡的情況……」

「哎，那兒沒有你就已經夠擠的了。」

「誰在那兒住？」

「誰在那兒住嗎？小鈴鐺在那兒住。」

爸爸說著，掀開音樂盒的蓋子。米沙看見什麼呢？他看見了小鈴鐺、小錘子、小軸、小輪子……。米沙覺得很奇怪。「這些小鈴鐺是做什麼用的？小錘子是做什麼用的？帶小鉤子的小軸是做什麼用的？」米沙問爸爸。

爸爸回答他說：「米沙，我不告訴你。你自己留心看看，再好好想想，也許能猜出來。不過，你不要碰這根彈簧，不然什麼都要搞壞的。」

爸爸出去了，米沙留下來研究音樂盒。他守著音樂盒，看啊看啊，想啊想啊，小鈴鐺怎麼會響呢？

這時候，音樂還在演奏，現在聲音逐漸變小了，好像有什麼東西掛住每個音符，彷彿有什麼東西把一個聲音從另一個聲音前面推開似的。米沙看見音樂盒底部的一扇小門打開了，小門裡跑出一個小孩，他的頭髮是金黃色的，身上穿一條鋼製的裙子。他站在門口，朝米沙招手，叫米沙過去。

「爸爸為什麼說這個小城裡沒有我也夠擠的呢？」米沙想道。「不對，看來住在這個小城裡的人挺善良，他們請我去做客哩。」

「好吧，我非常樂意！」

米沙說著，向那扇小門跑去。他驚訝的發現，他的身子正好可以鑽進小門。他是個有教養的孩子，他覺得，應該先跟這位嚮導打個招呼。

「請問你尊姓大名？」米沙說道。

「叮—叮—叮，」陌生的男孩子回答。「我是住在這個小城的小鈴鐺。聽說你很想到這兒來做客，所以特別邀請你來，歡迎你大駕光臨，叮—叮—叮！叮—叮—叮！」

米沙恭恭敬敬行了個禮。小鈴鐺拉住他的手，他們便向前走去了。這時，米沙注意到，他們頭頂上有個拱形門，那是用帶金邊的彩色凹凸花紋紙做的。前面有另一道拱形門，只是略小一些；第三道更小；第四道最小。就這樣，越往前走，拱形門越小。最後一道門小得僅能容嚮導的頭過去。

「我非常感謝你的邀請，」米沙對他說。「可是我不知道能不能領受這份盛情。現在，這兒我還能輕易的走過去，可是，你看那前面的拱門多低啊！請聽我說句實話，那個門我連爬也爬不過去的。我覺得真奇怪，你怎麼能從那些拱門裡走過去呢？」

「叮—叮—叮！」男孩回答。「我們走得過去的，別擔心，只要跟我來就是。」

米沙聽從了，果然，他們每往前邁一步，拱門好像就變高一些，這兩個男孩子輕鬆的通過了所有的拱門。當他們走到最後一道拱門前時，小鈴鐺請米沙回頭看看後面。米沙回過頭去，他看見了什麼呢？他剛進門時通過的那第一道拱門，現在顯得小極了。就好像在他們走過以後，那拱門降低了似的。米沙非常驚訝。

「這是怎麼回事呀？」他問他的嚮導。

「叮—叮—叮！」嚮導笑嘻嘻的回答。「從遠處看，會覺得好像是這樣。大概你從來沒有仔細看過遠處的東西吧。隔得遠遠的，一切都顯得很小，等你走近了看，才發現原來東西很大。」

「是的，這話很對，」米沙回答。「以前我沒想過這問題，所以才會碰到這種事：整整兩天了，我想畫一張畫，畫我媽媽坐在我旁邊彈鋼琴，我爸爸在屋子那一頭看書。可是我怎麼也畫不出這樣一張畫：我努力畫呀，畫呀，盡可能想畫得正確一點，可是我畫在紙上的，總是爸爸坐在媽媽旁邊，他的沙發椅擺在鋼琴旁邊，實際上我卻清清楚

楚的看見，鋼琴立在窗前——我的旁邊；爸爸坐在另一頭的壁爐旁。媽媽告訴我，應該把爸爸畫小一點，我還以為媽媽在開玩笑呢，因為爸爸個子比她高得多，可是現在我發現，她說的是實話：應該把爸爸畫得小一些，因為他坐得遠。我非常感謝你的解釋，非常感謝。」

小鈴鐺少年大笑了一陣，說：「叮—叮—叮！真可笑！不會把爸爸和媽媽一起畫下來！叮—叮—叮！叮—叮—叮！」

米沙心裡很懊惱，因為小鈴鐺男孩那麼刻薄的嘲笑他。他彬彬有禮的問小鈴鐺男孩：

「我想請教你一個問題：為什麼你每說一句話，都要加一句『叮—叮—叮！』呢？」

「這是我們這兒的口頭語。」小鈴鐺回答。

「口頭語？」米沙指出，「我爸爸說過，說慣了口頭語很不好。」

小鈴鐺男孩咬住嘴唇，一聲不吭了。

現在他們面前又出現了幾扇小門。小門打開後，米沙走到一條大街上。什麼樣的一條街啊！什麼樣的一個小城啊！馬路是用珍珠貝砌成的，天空是五光十色的玻璃鋪成

的。一輪金色太陽在天空中移動，如果朝它招招手，它就從天上下來，圍著你的手繞一圈，然後又升到空中去。小房子全是鋼製的，而且表面是磨光的，屋頂上覆蓋著各種顏色的貝殼。每座屋頂下面，都坐著一個有金光燦爛的小腦袋、身穿銀光閃閃的小裙子的小鈴鐺男孩。小鈴鐺男孩可真多，而且一個比一個小。

「哈，現在可騙不了我啦，」米沙說。「因為我是從遠處看，所以覺得這樣。其實小鈴鐺全都一樣大。」

「這話可不對了，」嚮導回答。「小鈴鐺並不都一樣大。假使我們都一樣大小，那我們就會發出同一種叮噹聲，完全一模一樣。可是你聽聽，我們演奏什麼樣的曲子？這是因為我們之中有的小鈴鐺大一些，他們的聲音就粗一些。難道你連這個都不知道嗎？米沙，這對你來說可是個教訓：別過早的嘲笑那些有難聽口頭語的人。有些人儘管有說口頭語的習慣，但是他懂得的比別人多，可以從他那裡學到點什麼喲！」

這回輪到米沙一聲不吭了。

這時候，過來一群小鈴鐺男孩，把他們圍了起來，還拉扯米沙的衣服。小鈴鐺們叮叮噹噹響著，有的跳，有的

跑。

「你們的生活真愉快，」米沙向他們說。「我恨不得留下來，跟你們一起過一輩子。你們一天到晚什麼也不幹，你們不上課，也沒有老師，還成天聽音樂。」

「叮─叮─叮！」小鈴鐺們嚷開了。「想不到你在我們這兒找到了樂趣！才不是那樣呢，米沙，我們的日子很不好過。不錯，我們不上課，那又有什麼好呢？我們才不怕上課！我們很可憐，沒有一點事可做。我們沒有書，也沒有畫片；我們沒有爸爸，也沒有媽媽。我們沒有什麼事可做──整天除了玩還是玩。米沙，你要知道，這樣是非常、非常無聊的。你相信嗎？我們的玳瑁天空很美麗，金色太陽和金色樹木很美麗，但是我們這些可憐的小鈴鐺，早已經看膩了，我們對這一切都非常厭煩。我們又離不開這個小城市！你不妨想像一下，一輩子什麼也不做，只待在一只盒子裡，即使是待在一只有音樂的音樂盒裡，那是什麼滋味？」

「對，」米沙答道。「你們說的是實話。我也有這種情況：如果功課做完以後玩玩具，就很高興。放假的時候整天除了玩還是玩，到晚上就覺得無聊了。不論玩哪個玩

具，都覺得沒有意思。以前我也一直不明白這是為什麼，現在我懂了。」

「米沙！其實，我們還有一件不幸的事：我們這裡有一些看管我們的大個兒。」

「什麼樣的大個兒呀？」米沙問道。

「小錘子大個兒，」小鈴鐺們回答。「他們才真凶惡呢！他們總在城裡走來走去，用小錘子『咚—咚』的敲打我們。大一點的小鈴鐺挨敲打的次數少一些，小不點們挨打挨得可多了。」

真的，米沙看見有一些鼻子很長很長的細腿大個兒在街上走著，他們彼此之間低聲細語「咚—咚—咚！咚—咚—咚！起！碰！咚—咚—咚！」真的，小錘子大個兒正不斷的敲打小鈴鐺們，一會兒「咚—咚！」的敲這個，一會兒「咚—咚！」的敲那個，敲得米沙都心疼起來了。米沙走到這些大個兒跟前，很有禮貌的行個禮，用溫和的口氣問他們：為什麼那樣殘忍的敲打那些可憐的孩子呢？小錘子回答：

「走開！別搗亂！身穿長袍的監管人躺在大廳那邊呢，是他命令我們敲打小鈴鐺。他老是翻過來轉過去的，

老是鉤住我們。咚─咚─咚！咚─咚─咚！」

「你們這兒的監管人是誰呀？」米沙問小鈴鐺們。

「就是小軸先生，」他們叮叮噹噹的說，「他是個心腸很好的人，白天黑夜總躺在長沙發上，我們不覺得他有什麼不好。」

米沙去找監管人。一看，果然他躺在一張長沙發上，身穿長袍，翻過來轉過去的，身子一會兒朝這邊，一會兒朝那邊，只是臉老是朝上。他的長袍上隱隱約約的綴著許多開口銷和小鉤子，只要有個小錘子到他身邊，他立刻先用小鉤子鉤住小錘子，然後再放開，於是小錘子就敲在小鈴鐺上。

米沙才走到監管人跟前，他就大叫起來：

「鉤鉤掛掛！是誰在這兒走來走去？是誰在這兒蹀來蹀去？鉤鉤掛掛！是誰不走開？是誰吵得我不能睡？鉤鉤掛掛！鉤鉤掛掛！」

「是我，」米沙勇敢的回答道。「我是米沙……」

「你有什麼事？」監管人問道。

「我很同情那些可憐的小鈴鐺男孩，他們都那麼聰明，那麼善良，每個都是音樂家，可是大個兒都照您的命

令，不斷的敲打他們。」

「這干我什麼事？鉤鉤掛掛！我在這兒又不是頭兒。讓大個兒敲打孩子們吧！我才不管呢！我是個好心腸的監管人，我一天到晚躺在沙發上，誰的事兒我也不管，鉤鉤掛掛！鉤鉤掛掛！……」

「唉，在這個小城市裡，我學到了不少東西！」米沙自言自語道。「監管人幹麼目不轉睛的盯著我看呢？這也教我心裡怪彆扭的。他看起來真凶！他不是我爸爸，也不是我媽媽，我在這兒關他什麼事呢？早知如此，我就待在自己的房間不出來了。不過，現在我可看到沒人照顧的可憐孩子有時會有什麼樣的遭遇了。」

米沙正想往前走，但他不由的停住了腳步，因為他看見前面有個珍珠飾邊的大帳篷，帳篷上面有個金風標正隨風旋轉著。彈簧公主躺在帳篷裡，她像條小蛇似的一會兒盤捲起來，一會兒伸開，而且她還不斷的推監管人的腰部。米沙覺得很奇怪，便問她：

「公主閣下！您為什麼要推監管人的腰呢？」

「錚—錚—錚！」公主回答：「你是個糊塗蟲，不動腦筋的孩子。什麼都看，可是什麼也沒看見。我要是不推

小軸，小軸就不轉了；小軸要是不轉，它就鉤不住小錘子，那麼小錘子也就不敲打了；小錘子要是不敲打，小鈴鐺就發不出叮叮噹噹的聲音。小鈴鐺發不出叮叮噹噹的聲音，那就沒有音樂了！錚—錚—錚！」

米沙想知道公主說的話對不對，他彎下腰，用一個手指頭按住了她——結果怎樣呢？

霎時間，彈簧猛然伸展開了，小軸拚命轉起來，小錘子們開始飛快的敲打，小鈴鐺們叮噹叮噹一陣亂響；緊接著，彈簧突然斷了。一切聲音都停息了。小軸不動了，小錘子們垂下了，小鈴鐺們蜷縮在一旁，太陽停頓不前了，小房子也變得支離破碎了……這時，米沙想起，爸爸吩咐過他不要碰彈簧，不由得嚇了一跳，然後就……醒了。

「米沙，你夢見什麼了？」爸爸問道。

米沙的腦子昏脹脹的。他看見自己還待在爸爸那個房間，那只音樂盒還擺在他面前；爸爸和媽媽坐在他旁邊，一個勁兒笑。

「小鈴鐺在哪裡？小錘子大個兒在哪裡？彈簧公主在哪裡？」米沙問道。「難道我是做夢了嗎？」

「是的，米沙，音樂把你催眠了，你在這兒睡了好久。

你夢見什麼了？講給我們聽聽吧！」

「爸爸，你看，」米沙揉著眼睛說。「我好想知道音樂盒是怎麼演奏出音樂的，所以我就一直看它，研究它裡面有什麼東西在動，還有爲什麼會動。我想了又想，差不多已經要想出道理來了，忽然我看到音樂盒上有一扇小門打開了……」接著，米沙把他的夢從頭到尾講了一遍。

「好，現在我知道，你眞的已經差不多弄明白音樂盒爲什麼會演奏音樂了。」爸爸說。「等你將來學了機械學之後，相信你還能懂得更多的道理。」

| 作者簡介 |

弗拉基米爾·費多羅維奇·奧多耶夫斯基（Vladimir Fyodorovich Odoevsky, 1803-1869），俄國古老的公爵家族中最後一位公爵（留里克王朝的直系後裔）。19世紀俄國著名的作家、思想家、哲學家、音樂評論家、教育家、社會活動家、慈善事業家。曾擔任俄國皇家公共圖書館（現為國立薩爾蒂科夫－謝德林圖書館）館長助理、魯緬采夫博物館館長、魯緬采夫圖書館（現為俄羅斯國立圖書館）首任館長、莫斯科參政員。

| 悦讀分享 |

　　十三篇童話可略分爲：人物童話、植物童話、動物童話和知識性童話。不論是哪一種，人都是不可缺少的搭配角色，分量多寡並不重要，因爲童話中的非人角色往往是人性的投射。

　　以人爲主人翁的作品，不外是強調行善的重要，或以不智者如何抗拒歲月或人間至上眞理的荒誕性爲主。例如〈夏至之夜的故事〉中的卡爾和蘇芬兄妹在恰當的時刻伸出援手救人，結果他們協助的人竟然是自己的守護天使。

　　〈國王和麥子〉是埃莉諾・法傑恩《小書房》中最出色的一篇童話。它隱約點出，一介凡人如何對抗蠻橫無理的所謂貴族。古埃及暴虐的國王在麥田旁遇到一個農家孩子，國王問他：國王和他父親相比，誰更富有。孩子說他父親的麥田比國王的黃金衣服要貴重得多。國王盛怒之下，下令燒毀麥田。可適得其反，國王的願望

沒能實現。國王的權力再大，也不能違反自然界不可抗拒的法則。作者的所有童話，構思新奇，語言樸素，風格清新雋永，充滿詩情畫意，字裡行間蕩漾著一種甜美的深沉，具有誘人的藝術魅力和引人入勝的意境，給人們以美的享受和永久的啓迪。

〈風給男孩一朵雲〉中的男孩沙繆爾幫風兒唱了一首歌後，風兒便把一朵烏雲輕輕下推，男孩快速關上窗子，烏雲無法逃開，只好跟孩子乞求。起初孩子不爲所動，等聽到烏雲説，如果它不飛過去，小小秧苗就會枯死，農民就沒收成。男孩終於打開窗户，讓烏雲去執行老天爺給它的天賦使命。優雅的文字呈現深深的意蘊。男孩終於體認不能以自己自私的想法妨礙大自然的正常運作。

幾篇以擬人化的動物或植物爲主人公的童話，都是從兒童的興趣出發，透過引人入勝的故事情節、栩栩如生的藝術形象和情趣盎然的兒童化語言，讓讀者從禽獸或植物世界裡看到人類世界，妙趣橫生，意味深長，幽

默雋永，歷久不衰的吸引著一代代的孩子。

〈去年的樹〉全文通過對話的方式向讀者講述了一個動人故事。通過鳥兒和樹、樹根、大門和小女孩的四次對話，表達了鳥兒對樹的濃厚情意。雖然這篇童話帶有傷感的色彩，但不失爲一篇教導學生講誠信、重情誼的好文章。整篇語言樸實無華，用白描的手法，寫出了鳥兒對樹的眞摯情誼，略去了鳥兒在尋找朋友過程中以及面對燈火時的心理描寫，給讀者留下了很大的想像空間，在平淡的語言中有一種深摯透明的美。

曾得過諾貝爾文學獎的米斯特拉爾嘗試爲〈玫瑰花爲什麼帶刺〉說個令人信服的理由。如果說這世界是上帝創造的，他當然覺得自己有義務使得這世界更美好。因此，他在可憐的人間道路添加了垂柳、楊樹和玫瑰，讓人們路過時，放眼望去，賞心悅目。但人類破壞的本性難改，把玫瑰花摧殘得缺枝少葉，蕊落花謝。一番哭訴，上帝允許她們長刺。全文敘述節奏快速，批判人類缺少憐香惜玉心態卻毫無保留。

　　〈蘆葦為什麼是空的〉是一篇融思想性、可讀性於一體的哲理美文。作者賦予蘆葦、玉米、馬鈴薯等植物以人文色彩，借助哲理的思考和細緻文筆寫得一波三折，富有底蘊。這種「反向立意」的手法用得熨貼而又嫻熟，令人嘆服。

　　小川未明在〈月夜與眼鏡〉裡為讀者講述了發生在美麗月夜的美麗故事。善心的老奶奶為了解決穿針的不便，從路過的男子買了一副樣樣都看得清楚的眼鏡，並想協助蝴蝶化身的小姑娘弄破的手指頭上藥，沒想到戴上眼鏡，看出小姑娘的原形，不久，跟隨在後的小姑娘就悄悄消失了。優雅展現獨特的夢幻世界，讓讀者沉浸在美麗與哀愁的氛圍裡。整個故事娓娓道來，不疾不徐，文字淡雅動人，在寫實中加入少許幻想，給青少年讀者相當寬廣的想像空間。

　　小川未明的童話語言凝鍊精簡，水到渠成，思路開闊，爛漫而有生氣，彷彿有一股生命力隱藏在作品中，綻放絢爛的光芒，在懷舊的鄉愁氣息和溫馨的詩意生活

中，充溢熱情、正直、仁愛且溫柔的心緒。在他的筆下，
純真的童心成為衡量人性的尺度，成就一種善的價值觀。

契可夫的〈白額頭的狗〉中的小狗被母狼誤捉了，
忘記自己的屬性，與小狼們玩在一起。幸虧母狼沒把牠
當食物，才救了自己一命。

基羅加的〈盲眼鹿〉同樣涉及人與動物的互動。文
中可看出母鹿的愛女心切，為治好慘被蜜蜂螫瞎的小鹿，
敢於透過食蟻獸的介紹，去找獵人幫忙。事後，小鹿也
懂得採集蒼鷺羽毛回報獵人，並成為頻繁來往的好朋友。
故事很美，但小讀者說不定會問：獵人與動物們打成一
片，他要靠什麼過日子？

〈熊和狐狸〉從頭至尾，從「偷蜜」至「查蜜」中
所表現的狐狸的狡智，在愚笨的熊面前倒的確是很夠用
的。這篇洋溢著濃郁諧趣的故事，在兩極的對比中凸顯
了兩個相反形象，一個巧舌如簧、心懷巨測、損人利己，
一個缺少心眼、不動腦筋、愚不可及。兩個「人物」都
是活脫脫的，能給讀者烙下不可磨滅的印象。

　　在〈老虎和貓〉這篇童話中，詩人的眼力和才能展現了個人燦爛的智慧之光和濃郁的詩意之美。人，在這裡作爲萬物之靈被歌頌。童話在人沒有出現前，就已經側面讚美了三次。在尾段，老虎的凶威在人的靈智面前顯得微不足道，就順理成章的了。人在老虎眼中是「不起眼」的，但人的強大在於人的智慧——人不費吹灰之力就把凶威逼人的老虎給治住了。貓深知人類的靈智的威力，牠才成了人類的朋友。

　　〈河流的故事〉與〈音樂盒裡的小城〉這兩篇作品可歸類爲知識性童話。

　　知識性童話書寫不易，在我們讀過的知識性童話中，其中不少作者會因爲要同時講解和傳播「知識」，而忽視了作爲童話本身的特點，甚至削弱和傷及了文采。但這兩篇作品卻保持住了作爲童話文本自身的完美與完整，而且文采斐然。

　　〈河流的故事〉的作者是英國科普作家格伯奈克。他用十分淺近的文字給我們講述了有關河流的知識，讀

了這篇文章，關於河流，小讀者會有一個全面的認識。

當小讀者站在小河邊，聽到涓涓流淌的河水聲時，肯定也會提出許多奇妙的問題：日夜奔流的河水從哪兒來？它的源頭在哪裡？要流向何方？或許在這篇作品中得到部分答案。

俄國著名文學評論家別林斯基十分推崇〈音樂盒裡的小城〉，說它「有一種詩的魅力」。在這篇童話裡，奧多耶夫斯基運用童話形式作為傳授知識的載體，饒有趣味的、深入淺出的向兒童講解科學知識，使深奧、枯燥的科學道理變得淺顯、易懂，從而滿足他們的好奇心。

國家圖書館出版品預行編目資料

文學花博：世界文學名作選／張子樟編譯；
　-初版 . --臺北市：幼獅，2015.01
　　面；　公分. --（散文館；12）

　　ISBN 978-957-574-982-8　（平裝）

815.93　　　　　　　　　　　　103023806

・散文館012・

文學花博——世界文學名作選

編　　譯＝張子樟
封面・版型設計＝唐壽南
出 版 者＝幼獅文化事業股份有限公司
發 行 人＝李鍾桂
總 經 理＝王華金
總 編 輯＝劉淑華
副總編輯＝林碧琪
主　　編＝林泊瑜
編　　輯＝朱燕翔
美術編輯＝李祥銘
總 公 司＝(10045)臺北市重慶南路1段66-1號3樓
電　　話＝(02)2311-2832
傳　　真＝(02)2311-5368
郵政劃撥＝00033368

門市
・松江展示中心：(10422)臺北市松江路219號
　電話：(02)2502-5858轉734　傳真：(02)2503-6601

印　　刷＝崇寶彩藝印刷股份有限公司
定　　價＝250元
港　　幣＝83元
初　　版＝2015.1
三　　刷＝2016.8
書　　號＝986267

幼獅樂讀網
http://www.youth.com.tw
e-mail:customer@youth.com.tw
幼獅購物網
http://shopping.youth.com.tw

幼獅文化公司／讀者服務卡／

感謝您購買幼獅公司出版的好書！
為提升服務品質與出版更優質的圖書，敬請撥冗填寫後（免貼郵票）擲寄本公司，或傳真
（傳真電話02-23115368），我們將參考您的意見、分享您的觀點，出版更多的好書。並
不定期提供您相關書訊、活動、特惠專案等。謝謝！

基本資料

姓名：＿＿＿＿＿＿＿＿＿＿＿＿＿＿＿＿＿＿先生／小姐

婚姻狀況：□已婚 □未婚　職業：□學生 □公教 □上班族 □家管 □其他

出生：民國＿＿＿＿＿＿年＿＿＿＿＿＿月＿＿＿＿＿＿日

電話：（公）＿＿＿＿＿＿（宅）＿＿＿＿＿＿（手機）＿＿＿＿＿＿

e-mail：＿＿＿＿＿＿＿＿＿＿＿＿＿＿＿＿＿＿＿＿＿＿＿＿＿＿＿

聯絡地址：＿＿＿＿＿＿＿＿＿＿＿＿＿＿＿＿＿＿＿＿＿＿＿＿＿＿

1.您所購買的書名：**文學花博——世界文學名作選**

2.您通常以何種方式購書?：□1.書店買書 □2.網路購書 □3.傳真訂購 □4.郵局劃撥
　　　　　（可複選）　□5.幼獅門市 □6.團體訂購 □7.其他

3.您是否曾買過幼獅其他出版品：□是，□1.圖書 □2.幼獅文藝 □3.幼獅少年
　　　　　　　　　　　　　　　□否

4.您從何處得知本書訊息：□1.師長介紹 □2.朋友介紹 □3.幼獅少年雜誌
　　　　　（可複選）　□4.幼獅文藝雜誌 □5.報章雜誌書評介紹＿＿＿＿報
　　　　　　　　　　　□6.DM傳單、海報 □7.書店 □8.廣播(　　　　)
　　　　　　　　　　　□9.電子報、edm □10.其他＿＿＿＿

5.您喜歡本書的原因：□1.作者 □2.書名 □3.內容 □4.封面設計 □5.其他

6.您不喜歡本書的原因：□1.作者 □2.書名 □3.內容 □4.封面設計 □5.其他

7.您希望得知的出版訊息：□1.青少年讀物 □2.兒童讀物 □3.親子叢書
　　　　　　　　　　　　□4.教師充電系列 □5.其他

8.您覺得本書的價格：□1.偏高 □2.合理 □3.偏低

9.讀完本書後您覺得：□1.很有收穫 □2.有收穫 □3.收穫不多 □4.沒收穫

10.敬請推薦親友，共同加入我們的閱讀計畫，我們將適時寄送相關書訊，以豐富書香與心
　　靈的空間：
(1)姓名＿＿＿＿＿　e-mail＿＿＿＿＿　電話＿＿＿＿＿
(2)姓名＿＿＿＿＿　e-mail＿＿＿＿＿　電話＿＿＿＿＿
(3)姓名＿＿＿＿＿　e-mail＿＿＿＿＿　電話＿＿＿＿＿

11.您對本書或本公司的建議：

10045 臺北市重慶南路一段66-1號3樓

幼獅文化事業股份有限公司

....

請沿虛線對折寄回

客服專線：02-23112832分機208　傳真：02-23115368

e-mail：customer@youth.com.tw

幼獅樂讀網http：//www.youth.com.tw

幼獅購物網http://shopping.youth.com.tw